【文庫クセジュ】

フランス文学の歴史

ルネ・バリバール著
矢野正俊訳

白水社

目次

まえがき

フランス文学は、八四二年二月十四日、ストラスブールで、冬のある朝に誕生した。その日、二人の王の間に結ばれた同盟の『誓約』(1)は、チュートン語とロマンス語との話し言葉を代表する二つの言語で宣言され、これが、ヨーロッパ諸国の文学を形成していく萌芽となった。ひとたび正式に記載されると、通俗言語は、住民を分断する証しとなり、それぞれの言語の共同体における使命を明らかにしていく。すなわち、エクリチュール(2)(アルファベットと文法、修辞法と詩法)のおかげで、それぞれの土地に固有の言語が誕生し、たがいに翻訳しあうことによって発展していくことになる。一般的な文化――それは文に通じた人びとによって、二〇〇〇年にわたって特権として握られてきたが、そういう人たちはみなラテン語学者で、みな自国語の相手となる諸言語の素養があった――その一般的な文化が、ヨーロッパに、それぞれ特異な文学を生み出していく。

(1)『ストラスブールの誓約』のこと。東フランク王ルードヴィヒと西フランク王シャルルとが長兄ロテールに対抗して互いに助け合うことを誓った同盟の条約(第一章のⅡで詳述)〔訳注〕。

(2) 個々の文字ではなく、総合的な表記体系としての「文字」、言語の「文字表記」というのが、基本的語意であるが、文脈によっては「文字法」「文字言語」「書くこと」というように訳し分けた。本書の主要概念である〈言語連合体〉の基底である。閉じられた体系としての「文字」にとどまらないで、その「象徴的機能」(本書七八頁)を行使することにより、言語表現のあらたなる領域を切り拓いていく。一義的な訳語があてられない場合、「エクリチュール」とカナにした。「文体」の概念にも近接する〔訳注〕。

この言語連合体(1)(colinguisme)から枝分かれしたフランス語は、まず、ギリシア・ラテンの人文学をモデルとする共通の文化のただなかで、フランス語の作品を作り上げた。二〇〇〇年前から文字言語《エクリチュール》が一般に普及するにつれて、一国の内部でも国と国との間でも表現する能力が分割されていたことが再検討されるようになった。有象無象のナショナリズムが、フランス文学を国土の、あるいは社会的なグループの限界内に、無理無体に閉じ込めてきた。いまこそ、新しい生命を文芸に吹き入れ、なにものにもとらわれない目でフランス語の伝統を見つめることに力を尽くすべきときである。『ストラスブールの誓約』が出現する、ラテン語で記されたニタールの年代記に始まり、『ロランの歌』、パンタグリュエルの波瀾万丈の物語、〈悲劇〉、〈エセー〉、〈短篇小説〉、〈長篇小説〉、〈詩〉に至るまで、いかにしてフランス語で作られているのか、いないのか。ソレガ問題ダ(That is the question)。

(1) 本書の主要概念。バリバールは文庫《クセジュ》『言語連合体』で、「数え切れないくらい存在する話し言葉を統制している書き言葉同士の一定の結びつき」というように、一般的な規定をしている。これをフランス文学の歴史でみるならば、ラテン語を根幹として話し言葉を文字にすることによって、さまざまな書き言葉が形成され発展していくときの、これら書き言葉相互の結びつきであり、ついで、革命後、フランス語が国家語として公的に認知されていくとき、フランス語とそのパートナーとしての各国語との、またラテン語など昔の言語との規範的な結びつきであると言える。「エクリチュール」の存在が前提となる。固定した制度というだけでなく、未踏の表現領域を切り拓いていく母体でもある〔訳注〕。

第一章　ヨーロッパ

I　エクリチュールの帝国（四〜八世紀）

ヨーロッパはローマ帝国の上に自らを築き上げた。四世紀にすでに、いろいろな民族が、北海を渡り、ライン河の流れに乗り、アルプス山中に入って国境を越えていた。彼らが定住しようとしていた土地は、ギリシア・ローマ神話のなかで、神々の王にかどわかされ、みごもらされて、偉大な征服者や立法者たちの母となったニンフ、〈エウローペー（エウローパ）〉にちなんで名前がつけられた、あの偉大な国々であった。

侵入者たちはローマの勢力と戦ってきていた。しかし彼らが入り込んだのは、文字法《エクリチュール》によりなにからなにまでまるごと構想され管理された、法を力と頼む強大な国家が組織する領土であった。統治の大原則のひとつとして、ラテン語で説かれていたのは、勝利したあかつきには武は文に譲るべきこと（cedant arma togae）であった。ヨーロッパで権力を奪取したサクソン族、アングル族、ゴート族、フランク族の武人君主たちは、哲学的・宗教的文書《エクリ》に則った行政・法律文書《エクリ》の流通回路に入らざるをえなかった。「蛮族の」（ギリシア・ローマ文化に縁のない）諸王は、ローマ帝国のさまざまな文字表記《エクリチュール》に直面して、エクリチュールの帝国に屈したのであった。

　ということはつまり、諸王は文に通じた人物たちを身近に置いて、その人たちに書く権限を委ねたのである。すなわちローマ帝国の官吏をやめて、エクリチュール装置をキリスト教会のなかで掌握する〈学識者たち（clerici）〉である。四世紀から十世紀にかけて、ヨーロッパで、諸王および彼らの宮廷が、皇帝シャルルマーニュ（カール大帝）の宮廷も含めて、英語やチュートン語など（十九世紀に「ゲルマン」諸語と称される言語）をたがいに話すのに対して、ラテン語によって表記《エクリチュール》された文字は、尚書局のなかで神聖で公式な言語、あらゆるものに適用される言語であり続けることになる。

　テキストは、おたがいに結びつきのある大修道院と司教区の〈学校（Scholae）〉、および王を補佐する主要学術機関（シャルルマーニュのもとでの宮廷学院）において、教会によって、書かれたり、読まれたりしていく。

Ⅱ　ヨーロッパ諸国の言語（九世紀）

　九世紀末から、学識者たちは、文字表記《エクリチュール》のもつ、ひとつにまとまる力と平俗な話し言葉の散らばる性質とを結びつける書き言葉の形式を考えだす。彼らの言語政策の第一幕は、八四二年二月十四日、『ストラスブールの誓約』の日に切って落とされた。その日、シャルルマーニュの二人の孫は、同盟を誓い合う。王国の正当な分割を武力で妨げようとする長兄に対抗する誓いである。二人の王は、学識者たちの助言を容《い》れて、従来の王朝の慣例からは外れた新しいやり方で、誓約の決まり文句を読み上げた。そのやり方は、地上での神の代理人たる自らの使命を確認するものである。彼らの日常使い慣れた言葉で、あるいは口語ラテン語で、しきたりと法に従い表現するかわりに、二つの異なる通俗言語を使用する。それぞれの王は、儀式の序幕に、臣下に向かって同じスピーチを行なう。東フランキアを統治することに決まったルードヴィヒ（「ドイツ人王」）にとってはチュートン語で、西フランキアの統治と決まったシャルル（「禿頭王」）にとってはロマンス語で起草された演説である。この革新は、王たちの神聖な使命を確認している。というのも、王たちはこうして、教会の人たちが住民に福音を説くのと同じようにして、言語において統治していくのだから（八一三年の公会議以来、住民はすでに、チュートン語を話す信者と、ロマンス語を話す信者とに分かれていた）。二度繰り返されたスピーチの共通の内容は、この作戦の責任者である高い学識者の一人の手になる報告書によって、公式のラテン語で提示されている。

誓いの儀式の第二幕は、王たちの誓約の交換という荘重な行為である。このとき二人の王は、〈自分たちの王国の言語をそれぞれ交換する〉。西フランキアの言語を導入するのは東フランキアの継承者であり、東フランキアの言語を導入するのは西フランキアの継承者なのである。〈だからそれぞれの言語は、ラテン文字の権威の下で、同じ威厳をもつ言語同士としてのみ正当なのである〉。式文は、ラテン語のアルファベットで二つの言語に書きとどめられた。

第三幕。各軍隊の君主を代弁するものたちが、割り当てられた言語を使って、同盟への忠誠を誓う。誓約文と同様、フランス＝ロマンス語とフランク＝チュートン語によって書きとどめられた書式に従ってである。

かくして、カロリング帝国の遺産を言語において分割する政策が、取り決められたのである。臣下となるものたちの範囲が定まり、王たちは相手の言語を用いることでたがいの正当性を認め合い、学識者たちはこの作戦全般を取り仕切る。新機軸は、文法と文学を掌握している者たちが、演壇の上の王侯たちに一語一語耳打ちしたことから来ている。シャルルマーニュの孫たちが誰一人としてロマンス語を話せなかったからだけではない。誓文が本物と認められるためには、作成された文書のどんな細部からもはずれてはならなかったからである。

これが、ヨーロッパにおいて通俗言語を書き言葉へと移行させた〈言語連合体《コランギスム》の制度〉である。この制度は、一〇〇〇年以上にわたって発展してきた。言語連合体は、一方では、次の諸原理を保証した。それは言語境界（ある言語の使用を領域という概念に結びつける）の原理であり、言語個性（王国語とか、一七八九年以後の市民的国語とか）の原理であり、言語パートナー（複数の言語およびそれらの古い言語との一定の連合による）の原理である。

シャルルマーニュの孫たちの時代になると、諸言語からなるヨーロッパという新しい観念は、たちまち挫折してしまった。戦さを好む王たちの制度・慣習に、この観念は勝利を収めることができなかったのである。ストラスブールの儀式から一年後、〈ヴェルダン条約〉（八四三年）によって、ヨーロッパは三人の兄弟の間で分割されることになるが、王国がそれぞれに個性ある言語をもって舞台に登場することはついになかった。しかし、文学上の創造の才が、エクリチュールを掌握する者たちの間に道をひらいていく。武力によって絶えず繰り返される王朝の紛争や領土争いを通して、ヨーロッパの学識者たちは普遍的なラテン語を生かしつづける。そしてまた、彼らはたがいにパートナーでもありライバルでもある王国それぞれの言語を誕生させたのである。

ラテン語の学習は、シャルルマーニュ治下の八世紀末に刷新されていた。シャルルは、三十九歳のときにイタリアへの途上で、アングロ＝サクソン人の聖職者に出会った。ヨークの学校を出て、四十六歳ですでに偉大な名声を博していたアルクインである。アングロ＝サクソン人が最高主権者の知的な顧問になることができたのは偶然ではなかった。のちに彼は、ラテン的伝統を引き継ぐ皇帝の称号を、最高主権者のために復活させる。四世紀からすでに、大陸のアングロ＝サクソン人たちは、ローマの話し言葉のキーワードをいくつか自分たちのものにしていた（マイル mille / mile, 通り strata / street, 城壁 vallum / wall, 厨房 cocina / kitchen, バター butyrum / butter, 司教 episcopus / bishop）。海を越えて「イングランド」を征服したあと、アングロ＝サクソンの君主たちは、大修道院長や教皇と和解して、キリスト教に改宗し、ラテン語の文字表記《エクリチュール》を用いていた。六八〇年頃には、ヨークシャーの大修道院の僕《しもべ》が『創世紀』をまねた詩を（古）英語で叫んでいたのだが、この詩がひとたびラテン文字で記されると、英語での最初のテキストとなる。と同時に、五～八世紀にかけて、アイルランドの僧院と王国は、キリスト教とラテン文字を大陸にあまねく行き渡らせていたのである。

九世紀初頭、アルクインの高弟の一人、フランク人アンジェルベール（アンギルベルトゥス）は、西フランクの大領主にして、シャルルマーニュの娘の夫であり、当時ギリシア語が教えられていた有力なサン＝リキエ大修道院（アブヴィルの近く）の俗人院長であったが、息子ニタール（ニタルドゥス）に文字の学を伝え、職務を譲った。ニタールは、帝国が分割された時期に、親族のシャルル禿頭王付き宮廷顧問官を勤めている。シャルル禿頭王とドイツ人王ルードヴィヒとの同盟の交渉にたずさわり、『ストラスブールの誓約』作成者の一人として、これらの大きな出来事を歴史として記録するようにとの公式命令を受けている。こんにち、八四二年の『誓約』の一字一句違わない本文を見ることができるのも、ニタールの、つまり彼のラテン語のテキスト（『敬虔王ルードヴィヒの王子たちの紛争史』）のおかげなのである。

以来、ヨーロッパの歴史も一〇〇〇年以上経過した現在、これら最初のフランス語と最初のドイツ語のテキストをラテン語の文脈のなかに正確に位置づけること、そしてこれらを、ヨーロッパの文学の伝統に従い、現在通じるように、少なくともフランス語・ドイツ語・英語の三つの言語に翻訳することは時宜にかなっているだろう。

「したがって、三月一日より十六日前のこと、ルードヴィヒとシャルルは、かつてアルゲンタリアと呼ばれていたが、いまは俗にストラスブールと言われている町で会見した。そして、以下に記された誓約をルードヴィヒはロマンス語で、シャルルはチュートン語で行なったのである。しかるに、〔二人は〕以下のように、誓約のまえに、まわりを埋めつくす戦士たちに、一方はチュートン語で、もう一方はロマンス語で語りかけた。その際ルードヴィヒが、年長者なので、先に次のように口火を切ったのである。〔……〕シャルルがこの同じ言葉をロマンス語で述べおわると、ルードヴィヒが、年長であったゆえに、先に、それを今後自ら守っていくことを誓言した（ルネ・バリバール『フランス語の制度』、PUF社、一九八五年、六八頁の仏訳による〔出典はロエール版〕）。

ラテン語：《Ergo 16. Kalend. Marcii Lodhuwicus et Karolus in civitate quae olim Argentaria vocabatur, nunc autem Strazburg vulgo dicitur , convenerunt; et sacramenta quae subter notata sunt Ludhowicus romana, Karolus vero teudisca lingua juraverunt. Ac sic ante sacramentum circumfusam plebem alter teudisca alter romana lingua allocuti sunt. Ludhowicus autem, quia major natu, prior exorsus, sic coepit [...] Cumque Karolus haec eadem verba romana lingua perorasset Lodhuwicus, quoniam major natu erat, prior haec deinde se servaturum testatus est : [...].》

「神の愛にかけて、そしてキリスト教徒とわれらの共通の救いにかけて、この日から先、神が知恵と力を私にさずけてくださるかぎり、私は、ここにいる弟のシャルルを〔兄のルードヴィヒを〕、援助においても、ひとつひとつのことにおいても、人が法（義務）によって自分の兄弟を守らなければならないように、彼が私に同じようにしてくれることを条件に、守るであろう。そしてロテールに対して、どんな協定でも、私の意志により、この私の弟シャルル〔兄ルードヴィヒ〕に害になるようなものを決して結ぶことはしない」。

ロマンス語：《Pro Deo amur et pro christian poblo et nostro commun salvament, d'ist di in avant, in quant Deus savir et podir me dunat, si salvarai eo cist meon fradre Karlo et in aiudha et in cadhuna cosa, si cum om per dreit son fradra salvar dift, in o quid il mi altrezi fazet et ab Ludher nul plaid nunquam prindrai, qui, meon vol, cist meon fradre Karle in damno sit.》

ルードヴィヒが誓いを終えると、シャルルがチュートン語で、次のように同じ誓いを繰り返した。

チュートン語：《In Godes minna ind in thes christianes folches ind unser bedhero gehaltnissi, fon thesemo dage frammordes, so fram so mir Got geuuizci indi mahd furgibit, so haldih thesan minan bruodher, soso man mit rehtu sinan bruher scal, in thiu thaz er mig so sama duo, ondi mit Ludheren in nohheiniu thing ne gegango, the, minan uuillon, imo ce scadhen uuerdhen.》

フランス語訳：《Pour l'amour de Dieu et pour le salut commun du peuple chrétien et le nôtre, à partir de ce jour, autant que Dieu m'en donne le savoir et le pouvoir, je soutiendrai mon frère Charles [/Louis] de mon aide en toute chose, comme on doit justement soutenir son frère, à condition qu'il m'en fasse autant, et je ne prendrai jamais aucun arrangement avec Lothaire, qui, à ma volonté, soit au détriment de mondit frère Charles [/Louis]》（ブリュノ『フランス語の歴史』第1巻の訳）

ドイツ語訳：《Um der Liebe Gottes und des gemeinsamen Heils des Christen Volks und unser selbst willen, werde ich vom heutigen Tage an, soweit Gott mir dazu die Fähigkeit und Macht verleiht, meinen Bruder Karl [bzw. Ludwig] in allen Dingen unterstützen, gerade in der Weise, wie man seinen Bruder unterstützen soll, vorausgesetzt, dass er ebenso mit mir verfährt, und ich werde keinerlei Abmachung mit Lothar treffen, die, so es in meinem Willen steht, meinem Bruder Karl [bzw.Ludwig] zum Schaden gereichen könnte》（M・ウエルネル訳）

英語訳：《For the love of God and the common salvation of the Christian people and our own, so far as God lends me the knowledge and power so to do, I shall provide my brother Charles [/Lewis] with my help in every thing, as we are bound to help our brothers, providing only that he for me shall do the same, nor shall I make with Lothaire any pact, which, by my will, would give injury to my said brother Charles [/Lewis]》（G・ロック訳）

Ⅲ　知の現場（九〜十四世紀）

フランス文学はヨーロッパ文学の一部をなしている。それはつまり、ラテン文学が一〇〇〇年にわたり演出家にも比すべき役割を果してきたいろいろなエクリチュールの歴史の舞台において、フランス文学は、ヨーロッパの国々の文学の相手役として、あるときは主役を演じ、またあるときは脇役をつとめてきた、ということである。

九世紀から二十世紀に至るまで、ヨーロッパ諸国のエリートたちの場合、哲学および宗教の思想は、談話術同様、ラテン語（これ自身古典ギリシア語から切り離せないが）で作りあげられてきた。十六世紀以降ようやく、宗教改革は、「プロテスタントの」キリスト教の国々で、自国語に翻訳された聖書で読むことを習い覚えさせた。それでも、国をまたいだ学識者たちの仲間うちにだけで、学問と創作テキストの次元において、ラテン語と通俗言語によるエクリチュールが特権的に用いられていたことにはかわりはない。そして、フランスでの一七八九年の大革命を経て初めて、それまでは王の言語により権威ずくで、ひとつに結びつけられていた人びとが、土地と家柄の差別なく、共和制になった国家の言語を読み書きすることを義務と考えるようになったのである。教養人は自分たちだけの世界に閉じこもって、メンバー同士、おたがいに〈文芸共和国《リテラルム・レスプブリカ》〉と呼びあった。この呼び方の一般的な意味はラテン語から、個別的な意味は各国語訳（la république des Lettres）から来ている。

カロリング朝による刷新を担った学識者たちは修道院に席を占めており、司教と諸王、または大領主たちから任務を授けられることがよくあった。彼らの手稿は、こんにち、あらかた失われてしまっている。私たちが八世紀末から十世紀の間に〈ロマンス語〉で書かれたものを知るよすがとなるのは、十くらいのテキストだけである。これは、現在のフランスおよびイタリアにあたるヨーロッパの国々において、書記者によって書き残された。数が少ないのは、なによりも書き残すことが異例だったためである。ある言語学者は一九八五年にこう述べている。

「これらのテキストのひとつひとつが作り上げられていったいきさつはそれぞれに独自である。そのひとつひとつは、独立した創作行為をあらわしている」。

ストラスブールで行なわれたこと（八四二年）は、一個の政治的行為であった。〈聖女ウーラリ（エウラリア）〉の殉教を歌った〈カンティレーナ〉（八八一年）は、ラテン語による聖女エウラリアの讃歌とフランク語による『チュートン古謡』（『ルードヴィヒ讃歌』）と並んで作られた、二八行からなる小詩であった。フランス文学の最初の詩と、十九世紀以来ドイツ文学の開幕を告げるものとみなされてきた詩とである（ルネ・バリバール『言語連合体』、パリ、PUF社、一九九三年、第三章「国民語、国民文学」）。『誓約』と〈カンティレーナ〉は、通俗言語を代表している。文書と芸術の記号体系のなかに、音声や綴字法の上で、その土地に固有の特徴を持ち込んでいるからである。

こんにちの言語学は、ストラスブールで宣言されたロマンス語（フランス語）における文の単語と綴字法のなかに、東部および南東部（将来シャルルの王国の国境となる地域）の話し言葉から引き出した要素を、中部から来た綴字法と同じく見分けるけれども、全体はアルファベットと文法でがっしりと組み立てられ、尚書局のラテン語の書式は目立たないようになっている。〈カンティレーナ〉にも、これと同じ機織《はたお》りの作業、これと同じ記号の肌理《きめ》を、同じ音声特徴とともに、見てとることができる。中世の文字表記《エクリチュール》の専門家たちは、最近の研究のなかで、こうしたテキストを雑種的・混成的・文学的と形容し、「詩の全体のなかではじめて意味をなす言語の仮構、仮構された言語」をそこに読みとっている。

言語学者のポール・ズムトールは、西暦一〇〇〇年前後に、フルーリ大修道院（サン・ブノワ・シュル・ロワール）ラテン語写本一葉の余白に書きつけられた短詩『フルーリのきぬぎぬの歌』を以下のように校訂し、解釈した。

世俗的・非宗教的なジャンルで、プロヴァンス語あるいはフランス語でできた「きぬぎぬの歌」（恋人たちの暁の別れを歌った文学ジャンル。この名残りがシェイクスピアの『ロミオとジュリエット』に認められる）は、この短詩では五詩行三詩節からなり、最終は未完である。各詩節は三詩行の連と二詩行の折り返し句からなる。各連は学者語のラテン語で書かれている。連で歌われているのは、夜の終わりであり、夜番がこれを告げる。連の文体はローマ神話をよみがえらせるが、これは、当時の学識に基づいて、牛飼座（Arcturus）の位置を正確に叙述するためで、春の夜明け時、東に北極星が姿を見せる間に、西の空に消えてゆく。夜番が眠りこんだ恋人たちを揺り起こす。ところで、折り返し句はなにを言おうとするのだろうか。ズムトール以前は、一世紀に一七の異なる読み方と解釈が、単語と意味の解明を試みたが、方言をあれこれ突き止めること（古風なオック語か？　レト・ロマンス語か？　いわゆる「時代のくだった」ラテン語なのか？）に主として心を砕くものであった。

　ズムトールは、混成した芸術作品が問題なのだと指摘する。ズムトール校訂版に拠り、言えることは、この作品が、ラテン語による発話・告知を担当する部分と、通俗言語の文字表記《エクリチュール》に訴えかける部分とのつながりを創造するためのものだということである。歌い手は、目を覚ましつつある恋人たちのしどろもどろの思いを象徴する言葉を呼び起こしている。

　さまざまな方言の出所を探求することの意味を軽んじるわけではなく、ズムトールは、こうした探求をより高度な意味作用のレベルに位置づけるのだ。表現の自由が創造されるのは、諸言語・言語活動・語りの調子の複合体を文字表記《エクリチュール》が統御し、方向づけるときであると、ズムトールは説く。『フルーリのきぬぎぬの歌』は、そのうえに、聖職者のラテン語とキリスト教の福音に浴した大衆の話し言葉をつなぐ結節点だけを歌っているのではない。文学的なアラビア語やヘブライ語で書かれた別の文化からもたらされたお手本からも想を得ている。たぶん、この作品は、キリスト教の国で、これらの文学に特有の――のちに西欧の典礼詩に広く普及していくことになる――図式（aaaxx, bbbxx）[1]にならって作詩された詩節の最初の例だろう。さらに、作品は、かつてアンダルシアの古い詩歌のなかで行なわれた、文学的なアラビア語やヘブライ語で書かれた詩節と、通俗アラビア語なり「未信者の言語」なりで構成された末尾の連との対立を、再び採用している。

（1）五行の詩句からなる詩節。「XX」の部分は折り返し句〔訳注〕。

『フルーリのきぬぎぬの歌』

一

日のきらめく光いまだ昇らず
曙のほのかに大地を染める
眠りほうける人たちに夜番は叫ぶ「起きよ！」
　濡れた海へと暁が太陽を引いていく
夜回りは過ぎ行き　見よ闇は砕け散る！

二

見よ油断した人びとを
迫り寄る危機をも知らず
先触れの者の促し叫ぶ声——起きよ。
　濡れた海へと暁が太陽を引いていく

I

Phebi clalo nondum orto iubare
Fert aurora lumen terris tenue;
Spiculator pigris clamat《Surgite》!
　L'alba part umet mar atra sol;
Poy pasa bigil; mira clar tenebras!

II

En incautos ostium insidie
Torpentesque gliscunt interficere,
Quos suadet preces clamat surgere.
　L'alba part umet mar atra sol;

夜回りは過ぎ行き　見よ闇は砕け散る！

三

牛飼座から北極星は遠ざかり
極の星々は光を穹窿の奥ふかくへと収める
東の方へと向かう北斗七星。
濡れた海へと暁が太陽を引いていく
夜回りは過ぎ行き

Poy pasa bigil; mira clar tenebras!

Ⅲ

Ab Arcturo disgregatur Aquilo
Poli suos condunt astra radios,
Orienti tenditur Septentrio.
L'alba part umet mar atra sol;
Poy pasa bigil.

（ズムトール校訂、バリバール訳）

フランス（西フランキア）の初代シャルル禿頭王の治下（八四三〜八七七年）では、王国の統一は名目だけのものにすぎず、相つぐ戦乱のために危殆におちいっていた。カロリング帝国の継承者たちの間の対立抗争は絶えず武力によって決着をつけられていたし、ノルマン人、アラビア人、さらにはハンガリー人たちによる侵入が、全土を荒廃させていた。しかし、特筆すべきは、君主権に対する大領主たちの反抗であって、ついには封建制度を樹立するに至る。こうした乱世にあって、学問教養の力は、脅かされるどころか、かえって刺激されたのである。ノルマン人は、自分たちが奪い取り、荒らし回った土地に住み着こうとすることが多かった。そこから彼らは、さまざまなエクリチュールのなかに入っていったのである。人びとの大きな集合体（国家、封建地域）にとって、言語上の個性を守り、創造していくために、文に通じた人びとの存在は欠かすことができなかった。九世紀と十世紀には、フランスの国は、国王に従いつづけつつも、いくつかの大公国を形成していた。これらは一七八九年の大革命まで、「州」という形をとって進展し、存続していく。諸王（フランスのルイ九世、ドイツのホーヘンシュタウフェン朝のフリードリッヒ二世）および諸侯（ポワチエのギヨーム九世とシャンパーニュのティボー）の宮廷では、ヨーロッパの偉大な文学が、たがいに複雑に作用しあい、変形をともないながら自らを創造していった。

領地を新しい王国に再編するのに並行、ないし先行さえして、キリスト教会は、大修道院長と教皇の後押しを受けて自らを再編成し、ヨーロッパのすみずみにまで活動を及ぼすようになる。しかも、王国それぞれの在り様、さらには司教区に分割されたさまざまな地域の個々の事情にまで、教会自身を適合させながらそうしていく。こうして、知を発展させることが、聖職に就いた学識ある人びとの文学的使命のなかに融け込むことになったのである。聖職者（学識者）は、俗人、言い換えれば、文字の体系も知らず、教会の組織にも属さないという消極的な意味で規定されるあらゆる人びとに、面と向かって行動している。「面と向かって」というのは、人びとと「共に」あるいは人びとに「対立して」という意味であり、いつも「距離を置いて」という意味ではない。

元来、キリスト教会は世俗の人びとの自発性を喚起するためのものである。このことはユダヤ教からの伝統であり、なによりも福音の教義に負うものである。大洪水にまでさかのぼることも、歴史的詮索を始めて堂々めぐりをすることもない。ここでは、文学の歴史の要点を述べる必要上、次のことを確認しておけば充分である。すなわち、キリスト教は、キリスト紀元初頭の数世紀から三つの言語で提示された聖書と、日常話されている言葉によりイエスが伝えようとした教えからできた命題とをもとにしているということである。

ユダヤ教の教義に従えば、〈律法〉と〈聖書〉とは神によって与えられたものであり、その責任ある担い手である民の言語のなかに、神によって吹きこまれたものにほかならない。およそユダヤ教徒（男性形）である以上は、〈書物〉のなかで自己を教育しなければならない。前十一世紀と前二世紀の間に、聖典は、さまざまな話し言葉の行き交う場所で文語ヘブライ語で書き記された。聖典を作り伝える任務を負った選り抜きの聖者たちが、俗世間の手の届かないところで作業を進めたからだ。イエスの布教が精神の一大変革を引き起こしたのである。

イエスは学者たちとの論争を終えると、どんな場所でも、だれに向かっても、肉声で教えを説いた。〈律法〉の「文字」を「精神」に従わせながら説いたのである。それは〈律法〉を否認するのではなく、堅固にするためにである。「キリスト教」は、イエスの弟子たちがイエスの教えの「聖霊（精神）」に遣《つか》わされて、エルサレムに住む「ありとあらゆる国々からやって来た」人びとに向かって、さまざまな母語の通俗語を用いて語りかけたその日に始まった。「聖霊降臨の奇跡」は、信仰の真理を相互に翻訳して伝え合い共有のものとする端緒となる。これによって、以後、どのような差別をも克服していくのである。

書くことを退けるのではない。初期キリスト教徒（例外なく多言語併用者であり、文学的なヘブライ語やギリシア語に堪能な者もいた）は、ヘブライ語聖書の内容をわかりやすくし、コイネーのギリシア語（世俗の国家権力が行政上あるいは実用上の「共通語」とした書き言葉）で、キリスト教の啓示の書を編纂した。これは、ユダヤ民族のなかで特別の選民性のしるしである割礼の放棄よりも、もっと重要な刷新である。三世紀からラテン語訳聖書がローマ帝国内に流布した。〈ヴルガタ聖書〉（vulgata とは共通の文字による公認の版という意味）は、三九一～四〇五年に、ローマ教会によってヘブライ語およびギリシア語原典の翻訳から作られたが、一五四六年に再認可され、一九七九年に改訂された。いまに至るまで、キリスト紀元（l'ère chrétienne）を、フランス語では〈民間紀元（l'ère vulgaire）〉とも言っている。

九世紀このかた、各国語が創出され発展するにつれて、キリスト教の聖書は地球上で最も数多く翻訳された書物となった。

諸言語での交流という立場から見れば、これまで「中世」と名づけられてきた数世紀を通じていちばん決定的な刷新はと言えば、結節点となる組織体の創出であり、それが〈大学（Universités）〉と呼ばれたのである。

これら教会の教育機関は教皇の権威のもとに、と同時に世俗権力の提案に基づいて、司教座・修道院の付属学校や民間の学校が統合されて、十三世紀始め、まずボローニャ、パリ、オックスフォードに誕生した。〈教師と学生たちの組合（Universitas magistrorum et scholarium）〉として、大学は法人格を有し、さまざまな自由権、すなわち自主的な規制権を獲得する。大学で伝授されたのは、神学・哲学および自由学科（知識の学としての文法・修辞学・弁証学・算術・幾何学・音楽・天文学の七学科。このリストを正式に作ったのは、五世紀のアフリカのラテン系学者「マルティアヌス・カペラ」である）の全部であった。

フランス王ルイ九世（聖ルイ）と教皇インノケンティウス三世と四世は、パリ大学に十全な法人格を与えるが（一二三一年）、これをかち取るために、教師と学生たちは、何世代も前の教養人たちの頃から努力し、闘ってきたものだった。〈ストゥディウム〉、すなわち勉学の場は、パリ管区内に設立されながらも、教皇の直接の保護下に置かれ、知の最高の場であるとともにヨーロッパ思想の最初の中枢となったのである。

Ⅳ　フランス語の最初の顕揚（十〜十三世紀）

数世紀にわたり、フランス文学は、ラテン語文学の庇護の下で作り上げられた。ドイツのヨーロッパ文明史家であるエルンスト・ローベルト・クルティウスは、スペインとイタリアの文学のはじまりが十三世紀と比較的遅いことにふれて、こう指摘する。

「なぜイタリア文学のはじまりは遅いのか？」という問題のたて方は誤りであり、「なぜフランス文学のはじまりは早いのか？」と問うべきである（E・R・クルティウス『ヨーロッパ文学とラテン中世』、パリ、PUF社、Ⅱ、一三六頁〔南大路振一／岸本路夫／中村善也訳、五六五頁〕）。

十一・十二・十三世紀におけるフランス詩のゆたかな展開は、当時フランスとフランス語の支配下にあったイングランドとに花開いていたラテン語の詩作および詩法と密接な関係にあることを明らかにしている〔フランス語は一〇六六年ノルマンディー公ギヨーム征服王によるイングランド征服後、広くイングランドで用いられた〕。ラテン語がフランス語のこわばった舌をといたのである。フランスが『学芸』(studum)

を代表しており、フランスに——文法と修辞学を筆頭にする——自由学芸の中心地があったからこそ、俗語（自国語）による詩文の花はまずフランスに開くのである（II、一三一頁〔邦訳五六一頁、ただし仏訳に即して適宜改訳〕）。

クルティウスはさらに言う。シャルルマーニュとアルクインに負う学芸の改革は、フランスとイングランドにおいてのみ、九世紀と十世紀の侵略と戦争の激動に耐えることができた。十世紀に三代にわたるオットー帝のもとでドイツが果たした知的リーダーシップは、維持されなかったのである。こんにち、フランスでは、十九世紀末に現われた展望に立って編集された文学提要は『ロランの歌』からフランス文学を始めている。

これらを読めば、この作品の成立はまさに奇跡と思えるかもしれない。だが実際には、フランス語を用いる王と諸侯のまわりでは、ラテン語による文学の生産もあわせて行なわれていたばかりか、さらに、教会や封建制度のなかのもっと身分の低いものにも及んでいたのである。諸領主にとっても、大中の貴族たちにとっても、伝記、武勲詩（『ロランの歌』のような「武勲の歌」）、通俗語での歌は、自由を与える作品であった。聖職者たちでさえ、世俗的な、宗教臭さのない文学を作り上げることによって、聖職者組織の精神的な支配力から自由になることができたのである。

こうして、『カール大帝伝』が、九世紀に、宮廷顧問官にして大修道院長でもあるアインハルト（エインハルドゥス）により、まずラテン語で書かれる。つづいて『来世見聞記』が教会人たちによって、やはりラテン語で書かれ、ここではシャルルマーニュが、その罪ないしはその徳のために裁かれる人物として登場する。こんにちでは失われてしまったが、専門家たちがその痕跡を拾い上げることにより原形をしのぶことのできる作品群がやはり、封建制初期におけるカロリング王朝の英雄たちを称えるために、サンティアーゴ・デ・コンポステーラへの巡礼の旅程で作られる。こうした作品群をふまえて、フランス語による最初の「武勲詩」は出現するのだ。

一一〇〇年頃、一人の非常に高い教養をそなえた詩人が『ロランの歌』を書いて、その個人的な才能を示した。この作品が現在まで伝わったのは、作品の芸術的な力がすぐれていたからである。一八三七年に刊行され、現在のテキストのもとになっているオックスフォード写本が成立したのは、一一七〇年頃である。『ロランの歌』の〈フランス〉語は、主として、〈ラテン〉語の存在によって内部から照らし出された〈ノルマン語の〉特徴を示している。そこで、この詩の冒頭の一行――

われらが大帝シャルルの王
《Carles li reis, nostre emperere magnes》

ここには、皇帝に対するラテン語での正式の尊称から来た magnus《マグヌス》 というラテン語が、フランス語に特有の形をとって用いられている（Carles《カルレス》 同様、語尾を es《エス》 に変えて）。magnus《マグヌス》 に対して grant《グラント》 が何世紀も前から俗語としてあったのにもかかわらず、だ。この称号は、ニタールの『歴史』の冒頭にも見られる

シャルル、良き思い出にみち、正当にもいずれの民からも偉大なる皇帝と呼ばれた
《Karolus bonae memoriae et merito Magnus imperator ab universis nationibus vocatus》

言語学者は、いわゆる「ラテン語法」をここに指摘するにとどまる。文学を見る眼（いろいろな言語が行きかう場で行なわれる意味を洞察する技術）をもってすればわかるが、問題は、このフランス語叙事詩の冒頭行に普遍的文化の霊感を通わせることである。〈偉大なる皇帝〉(emperere magnes）とその甥がヒーローとなる冒険譚は、フランク王国を天まで高めることだろう。誇り高き武勇と封建的な名誉とがキリスト教信仰への服従を示すことになる。戦場での無謀なふるまいにより命を落とすロラン伯は、右の手袋を神に向かって差し出す。これは、主君に従属する臣下の誓いの身振りにほかならない。聖ガブリエルがロランの手から手袋を取り上げる。『ロランの歌』の「ラテン語法」とは、「神の恵み」としての聖書がフランス語を引き取ることでなくて、何を意味するのだろうか。ほかのさまざまな意味づけは、すべてこのことから可能になるのだ。

作品なかばでの、オリヴィエの死を物語るエピソードは、ギリシアの叙事詩（『イーリアス』におけるパトロクロスの死を悼むアキレウス）とローマの叙事詩（『アエネーイス』におけるニーススとエウリュアルスの死）の伝統を受けついだ、フランスの戦いの冒険譚が、キリスト教世界（ここでは罪は神への愛により贖われる）のなかで実を結んだ、見事な例のひとつである。現行フランス語訳（「バタニー訳」）は、こうした芸術的成果を言語連合体のなかに再度導き入れることを担っている。

ここにロラン馬上にて気を失えば、
オリヴィエまた、致命の深傷《ふかで》を受けたりけり。
おびただしき出血に眼《まなこ》かすみ、
遠きも近きもはやさやかに見る能わざれば、
人の姿も見分け難くぞなりにける。
されば、オリヴィエ、戦友《とも》の側近くに寄りし時、
宝石を象眼したる黄金造りの兜目がけて斬り降ろす。
兜をば、真庇《まびさし》に届くまで斬りさきしが、
刃は頭《こうべ》に達せざりき。
この一撃にロラン相手を見遣《や》り、
優しくおだやかに尋ねて申す、
「戦友《とも》よ、この一撃はわれと知っての事なりや、
これなるは、汝を愛するロランなるぞ。
いか様《よう》にも挑戦を受けし覚えはあらざりしが」
オリヴィエ応《こた》えて、「それぞまさしくおんみの声、
だが姿が見えぬわ、神よ、姿を見させ給え、
われおんみを撃ったとな、ならば赦《ゆる》されい」
ロラン応《こた》えて、「些かも手傷は受けず、

神の御前で四の五の言わずおんみを赦《ゆる》そう」
かかる言葉を述べあいて、二人は会釈を交わせしが、
深き思いをいだきつつ、今生《こんじょう》の別れとはなりぬ（神沢栄三訳）。

As vus Rollant sur son cheval pasmet
E Oliver ki est a mort naffret.
Tant ad seinet li oil li sunt trublet.
Ne loinz ne près ne poet vedeir si cler
Que reconoistre poisset nuls hom mortel.
Sun cumpaignun, cum il l'at encuntret,
Sil fiert amunt sur l'elme a or gemet,
Tut li detrenchet d'ici que al nasel;
Mais en la teste ne l'ad mie adeset.
A icel colp l'ad Rollant reguardet,
Si li demandet dulcement e suef :
《Sire cumpain, faites le vod de gred?
Ja est ço Rollant, ki tant vos soelt amer!
Par nule guise ne m'aviez desfiet!
Dist Oliver : "Or vos oi jo parler.

Jo ne vos vei, veied vus Damnedeu!
Ferut vos ai, car le me pardunez!"
Rollant respunt: "Jo n'ai nient de mel.
Jol vos parduins ici e devant Deu."
A icel mot l'un a l'altre ad clinet.
Par tel amur as les vus desevred.》

ノルマンのフランス語は、ノルマン以外ではoと記される音をuと書くが（dulor / dolor）、『ロランの歌』ではdulor《ドゥロール》とも、dolor《ドロール》とも書き、またノルマンのフランス語でvenger《ヴァンジェ》と書く（ほかの地方言葉でのようにvengierでなく）。文献学者のなかには、ひとつの複合言語を前にして、この詩が最初は特定できない方言で作られ、次に「アングロ＝ノルマン語で」書き直された、と推測する者もいた。そうではなく、文学的な技術が言語による仮構をここで創り出している、と考えたほうが納得が行く。『フルーリのきぬぎぬの歌』や『聖女ウーラリのカンティレーナ』の時代にそうだったし、また土台ともいえる『誓約』以来そうだったように。さらに見逃してならないのは、ラテン語の統辞法（たとえば、接続法が条件法の価値に用いられた場合、《Ki veïst...poüst（誰カガモシ見テイタラ、……出来タダロウ）》）と修辞学の規則——深層で把握された——とが、テキストに緊密なつながりとまとまりを付与していることであり、その程度たるや、二十世紀のこんにち、私たちが感じるよりも、十二世紀にはもっと強力だったことである。『ロランの歌』で仮構されたフランス語は、たしかに、シャルルマーニュの「うまし国フランス」の遺産である。こうしてそのフランス語が、カペー朝、イングランドのノルマン諸王、そしてプランタジネット朝のヨーロッパにおいてはじめて名を揚げていくのである。

〈歴史〉を描く詩（叙事詩・武勲詩）は、文字の発明以来、世界中で、ことにローマ帝国において、最高の文学形式であった。フランスの〈武勲詩〉もやはり、権力の最上層部において、さまざまな文化遺産が最も活発に融合する点で、産み出された。武勲詩は、十世紀から十四世紀に起きた、王国の誕生、封建制の誕生、都市の誕生、十字軍の遠征、キリスト教圏の誕生といった、大事業と切り離すことはできない。ホメロスとウェルギリウス同様、『ロランの歌』の作者は、ひとつの〈歴史〉を切り拓く。別に言えば、言語に刻み込まれた（キリスト教であれば「受肉された」と言うだろう）民族の理念を創始する。十二世紀および十三世紀にパリでラテン語研究が大きく進展したのをきっかけにして、フランス語の想像力もあらたな展開を見る。ヨーロッパの教養人たちは当時、みな、「パリのフランス語」を使っていた。それは国境を越えた宗門外の、世俗の自由思想を表現する口頭の形式であって、エリート人士の間の会話に使われていた。この「パリの」フランス語はもちろん、「フランシアン方言」とは、ほとんど関係がない。いわゆる「フランシアン方言」とは、十九世紀の碩学たちが、ただ王権の支配によってのみ、徐々にフランス全土に浸透するところを描き出したものでしかない。一体どうすれば、パリに限られたこのことばが、ヨーロッパの君主たちの賛同をいっぺんに獲得することができたと言うのだろうか。一国の言語がはじめて顕揚された（文化的栄光の座に高められた）ときからはっきりとしていること、それは、ヨーロッパの〈言語連合体〉の活力、すなわち諸言語を認識すること、それも公的に認知することに責任のある、文学的な創造の組織体がもつ活力にほかならない。

『イーリアス』、『オデュッセイア』、そして『アエネーイス』とまったく同様に、フランスの〈武勲詩〉も、時間的・空間的に遠く離れたさまざまな武功を舞台にかける（シャルルマーニュ、ギヨーム・ドランジュ、ドーン・ド・マイヤンスなどの武功）。さまざまな思想の動きを象徴する「パリのフランス語」を駆使するためにである。同じように、詩とフランス語の散文による「物語《ロマン》」とは、十二世紀および十三世紀には、〈ブリテンの題材〉（海の向こうのゲール伝説）のなかに、異国の筋立てを求めている。この筋立てが、一般的な思想、時代のイデオロギーをフランス語で展開することを可能にさせていくのだ。こうして〈円卓〉や、〈聖杯探索〉や〈トリスタン〉の冒険の物語が書かれ、「鷹揚」、「武勇」、「宮廷風恋愛」、といった新しい観念が登場してくる。

十三世紀のフランス文学の奥行きと広がりを、こんにちの私たちの目にはっきりと示すものとして、『オーカッサンとニコレット』という作者不詳の作品以上のものはない。ここには、実にユニークな仕方で、韻文と散文、叙事様式と宮廷様式とがひとつに融合されている。筋立てにサラセンの題材を取り入れるかと思えば、登場人物たちを結婚させるのと同じような趣向でことばの調子を結び合わせている。

〔ボーケールの年老いたガラン伯はヴァランス伯の攻撃を受けている。一人息子の眉目麗しいオーカッサンは、ニコレット（この町の城代がサラセン人から買い取り、洗礼を受けさせた俘虜の女）を彼に娶《めと》らせぬかぎり、武器を執ることを拒絶する。威嚇、押し込め、戦場で、森のなかで、あるいは海の上での数々の危難も、愛し合う二人を永遠に引き離すには至らない。オーカッサンは漂流し、ボーケールに流れ着き、父のあとを継ぎ、伯となるが、恋人を失ったためにいつまでも心は晴れない。一方、ニコレットは、カルタゴ王の姫とわかるのだが、ほかの王子のもとへ嫁ぐことを嫌い、出奔する。ボーケールに戻ると、旅芸人に身をやつし、オーカッサンの前で二人の恋物語を歌う。そこでニコレットの正体が判明する。こうして豪華な、喜びに満ちた結婚式が執り行なわれる。」


父母は若者に口癖のように申します。

「息子よ、いざ武器を執って馬に跨がり、領国を守り、臣下を扶《たす》けよ。そちが彼らの間に立ちまじって共に戦う姿を見れば、臣下の者どもも一段と勇気を振ってわが身と財産を防ぎ守り、そちのものでもあるわが領地を防ぎ戦うであろうに」

オーカッサンは申します。

「はてさて、父上、また何を申されまするか。わたしがこれほどまでに心を寄せて愛しております愛《いと》しの女人《ひと》ニコレットを娶《めと》ることをお許し下さらない限り、わたしが騎士となり馬に跨がって小競合《こぜりあい》なり戦闘なりに加わり、敵の騎士と剣を振って渡り合うようなことになりましたら、どうか神さま、わたしがどんな願いごとをいたしましても、何一つ叶えて下さいませんように」

父が申します。

「それだけは罷《まか》りならぬぞ。ニコレットにはかまうでない。あの女子《おなご》は異国の地から捕えられてきた者、この町の城代《ヴィスクエンス》がサラセン人より買い取り、この町に連れてきたのじゃ。城代は女子《おなご》に洗礼を受けさせて己の養女にしたのじゃ。やがては立派に日々の糧《かて》を稼《かせ》ぎ出してくれる若者に娶《めあわ》すことになろう。そちにはかかわりのないこと。そちが妻を欲しいと申すのならば、国王なり伯なり、姫君を迎えてつかわそう。フランス国中いたる所いかに権勢を誇ると言えども、そちさえ望めば娘を嫁御に下さらぬ者はいないであろうに」（神沢栄三訳）

《Ses pere et se mere li disoient :

— 《Fix, car pren tes armes, si monte el ceval, si deffent te terre et aïe tes homes : s'il te voient entr'ex, si defenderont il mix lor cors et lor avoirs et te tere et le miue.

— 《Pere, fait Aucassins, qu'en parlés vos ore? Ja Dix ne me doinst riens que je li demant, quant ere cevaliers, ne monte a ceval, ne que voise a estor ne a bataille, la u je fiere cevalier ni autres mi, se vos ne me donés Nicholete me douce amie que je tant aim.

— 《Fix, fait li peres, ce ne poroist etre. Nicholete laisse ester, que ce est une caitive qui fut amenée d'estrange terre, si l'acata li visquens de ceste vile as Sarasins, si l'amena en ceste vile, si l'a levée et bautisie et faite sa fillole, si li donra un de ces jors un baceler qui du pain li gaagnera par honor : de ce n'as tu que faire. Et se tu femme vix avoir, je te donrai le file a un roi u a un conte : car il n'a si rice home en France, se tu vix sa fille avoir, que tu ne l'aies》

（M・ロック、バタニー版、一五〇頁）

このテキストが教材として取り上げられている大学での現行教科書には、形態法、統辞法、諸方言の特徴が解説されている。テキストのフランス語には、主にピカルディー地方の特徴が見られる。ピカルディーはフランス北部の広大な地域であり、十二世紀にはフランドルと結びついていた。ついで王国の領土に統合され、十三世紀から現在のように呼ばれている。フランシアンで cheval《シュヴァル》, acheta《アシュタ》, riche《リシュ》 と言ったり書いたりするところを、『オーカッサンとニコレット』の作者は ceval, acata, rice と書く（keval《ケヴァル》, akata《アカタ》, rike《リケ》 と発音する）。作者は同時に、古語法 as Sarasins（aux Sarrasins：サラセン人たちから）、la miue（la mienne：わたしのもの）と、さまざまな出所の語 filiole（filleule：名付け子）、bautisie（baptisée：洗礼を受けた）、南西部の ni（= ne：「否定詞」）を使いこなしている。もう一度繰り返しておくが、議論の立て方、文字による対話の技法は、十三世紀には、ラテン語が暗に了解されなければ成り立たないのである。

物語の筋はプロヴァンス地方で展開する。ここは十一世紀にはゲルマン系神聖ローマ帝国に結びついた有力な伯爵領であり、カタロニア王朝の下に移って、オック語による詩歌の源であった。やがて婚姻を通じてアンジュー家の王子たちに帰属し、十四世紀にはカペー朝の支配下に入っていく。

『オーカッサンとニコレット』の作者が生きていた時代は、アルビジョワ十字軍およびサラセン人に対する十字軍（このとき聖王ルイが古代カルタゴの遺跡で死んだ）の時代である。オイル語で語られたオック地方の物語。ボーケールとカルタゴとの間で交わされる愛の物語。名前を交換することで結ばれるようあらかじめ運命づけられた恋人の伝説（オーカッサンはアラビア語の〈Al Qâsim〉、カルタゴの姫はフランス語の〈Nicolette〉である）。これは裏返しの世界、というよりむしろ別の世界、来るべき世界なのである。

ずばり正確に言えば、これが文学の真髄なのだ。つまり、生きられた現実の複雑さを象徴する練りに練った言説を、言語のなかで構築していく能力ということになる。作者はこの作品を〈歌物語〉（Chantefable）と称して、既成のジャンルとは異なる文学ジャンルの名前を作り出している。韻文と散文、対照的な文字表記《エクリチュール》を融合させるジャンルである。フランス語の散文物語のなかで最も古い作品がこうして生み出された。七〇〇年後、詩人ロベール・デスノスが〈歌物語〉という名を復活させる。二十世紀末には、国籍にかかわりなく若い生徒たちに開放された教育機関で、言語と文学の演習用テキストが『オーカッサンとニコレット』から取られる。ボーケール伯とカルタゴの姫君が、フランス人やチュニジア人などに、仮構された言語で話しかけている。新しい演出家たちなのだ。[1]

（1）一〇〇〇年にわたり演出家の役割を果してきたラテン文学にくらべて〔訳注〕。

V　知の転移（十四～十五世紀）

中世ヨーロッパがラテン語で練り上げた偉大な観念のひとつに〈トランスラティオ・ストウディイ〉（translatio studii：諸学芸と知の転移）という観念がある。〈トランスラティオ〉という用語の、この場合に、〈翻訳（traduction）〉の難しさが、いろいろな近代語に関する理論がその歴史のことという肝心な点でいまだに充分ではないことを一挙に示している。

フランス語の translation《トランスラシオン》, traduction《トラデュクシオン》, transfert《トランスフェール》, transmission《トランスミッシオン》など、それぞれが幾つもの意味をもつ多くの用語が、transposition《トランスポジシオン》, version《ヴエルシオン》, adaptation《アダプタシオン》, transcription《トランスクリプシオン》, などと同様に、〈トランスラティオ・ストウディイ〉がなにを意味していたかを現在のフランス語で理解できるようにするために、かわるがわる、あるいはまた、いっしょに使用に任されている。そのうえ、これはフランス語にかぎられたことではない。

他の言語でも同様であり、それぞれの言語の手に余る問題なのである。であるならば当然、〈トランスラティオ・ストウディイ〉なる観念＝言い回しに過不足なく対応する表現が将来出てきて、translation《トランスレーション》, traduction《トラデュクシオン》, traduccion《トラドゥクシオン》, Ubersetzung《ユーバーゼッツング》などの語を要約し、これらをしのぐことも期待できるはずである。

数世紀にわたりヨーロッパの知識人たちがパリを学芸の光を放つ中心にしていった間、彼らはラテン語をとおして身につけた一般教養をただフランス語の領分に移し替えただけではなかった。ラテン語で権威の源となっていた作品をフランス語で輸出して、多大の成果をあげたのである。すなわち、キリスト教の聖書と古代文学のテキストを翻訳（あるいは、全部または一部を翻案）したのである。文明の将来にとって決定的となったこのスケールの大きな活動については、歴史家も最近になってようやく資料を集めはじめたばかりである。カナダの中世史家のセルジュ・リュジニャンは一九八六年にこう述べている――

「可動性が西欧の中世文明を規定する性格のひとつであることは間違いない。十字軍兵士、商人あるいは遍歴者といったようなある種の役割にとっては、可動性は切っても切れない要素になってくる。ほかにも、宣教師、学生、遊芸人、武人の役割やあるいは渡り大工のような職業にとっても、可動性は必要となることが多い。これと平行して、ある種の消費財の輸出圏域が時に既知の世界の境界と混じり合うことも起こる。こうした可動性はまた、中世における知的な生活をも特徴づけている。〔……〕ギリシア語またはアラビア語からラテン語へは（いまはこの二例にとどめておくが）、翻訳により空間＝時間のなかでのテキストの水平移動が可能になる。同様にして、翻訳は、中世の二言語兼用の内部に、学者語とその土地固有の言語との間でのテキストのいわば垂直方向への可動性を確保することができる。これこそ、〈トランスラティオ〉というラテン語がたしかに言い当てていた文明の特徴の総体にほかならない。辞書の教えるとおり、それは、言語的あるいは比喩的転移と同じように、空間における移動あるいは法的譲渡を意味することができる」（セルジュ・リュジニャン「トランスラティオ・ストゥディイのトポスと十四世紀における学術テキストのフランス語への翻訳」、『中世における翻訳と翻訳者』所収、一九八六年パリで開かれた国立学術研究センター〔CNRS〕主催国際シンポジウム議事録、テクストの研究と歴史研究所、CNRS刊行、一九八九年）。

中世の神学が各国の言語にとらせた立場は、理屈に合わないものであった。神学は、恩寵と権威とをもって各国語に文字法《エクリチュール》を付与する一方、神学が各国語を正規の言語として受理するのは、あくまでも各国語が人間の分裂、あるいは文字によらない言語活動の混沌を表わしているからなのだ。このような独断的な見解に従うならば、「俗世間の話し言葉」は文字に通じた学識者の仲介なしには存在できないということになる。こうした見解が、こんにちなお私たちから、文字によらない言語のさまざまな事象を、消極的にでなく、固有のものとして命名する語を奪い去っている。というのも、「oral《オラル》（口頭でなされる）」と「parole《パロール》（話される言葉）」は「orateur《オラトゥール》（説教者）」あるいは「évangélisateur《エヴァンジェリザトゥール》（福音伝道者）」による言表行為に直接由来しているからだ（「parabole（たとえ話）および parole」は福音書の「bonne nouvelle（良き知らせ、福音）」の内容なのだ）。英語とドイツ語は、ここで、ラテン語系の材料と競合しつつ、ラテン語系でない材料をも使用している。〈orally《オーラリィ》〉と並んで〈by word of mouth〉があるし、〈oral〉の隣に〈mündlich《ミュントリヒ》〉（〈mündartlich《ミュンダートリヒ》〉方言の）がある、というように。

中世という時代に〈auctoritates《アウクトリタテス》〉（どんな分野でも権威のあるラテン語のテキスト）を通俗言語に翻訳する

企てが、いかに法外であり、危険なものであったかを推定させるために、以上の事実を確認することが不可欠である。「啓示された」テキストのラテン語の内容を、フランス語で作成されたテキストへ移す計画を構想した聖職者たちは、聖書の信用を損ない、「バベルの塔」のドラマにまた火をそそぐことになった。偉大な知的天才たち（イタリア語でのダンテとフランス語でのニコル・オレームのように、同じ天才といってもその内実に違いのある人たちだったが）の刺激を受けて、強力な政治的介入（フランス王室、イングランド王室の）が、自国語による〈大全〉(corpus)や〈テキストの集成〉を世に出し、これが哲学と道徳の最高のレベルでの権威となることができたのも、日々の生活において文字に対する考え方や慣れが、ながい時間をかけて変遷をとげた結果にほかならない。

十四世紀末に、イングランド王室を相手とする百年戦争に巻き込まれたフランス王シャルル五世は、西部フランス全領土からイングランド軍を掃討するゲリラ作戦の指揮をデュ・ゲクラン元帥に委ねることで満足してはいなかった。王はそれまでラテン語に用意されていた知的空間をフランス語に開放することで、フランス語の占める大きさを変える言語政策を開始した。自分自身を教育するためにも、また「聖職者身分」(clergie)の有する知をわが物としなければならない新しい「騎士身分」(chevalerie)を教育するためにも、王は、文法や詩文の才能を備えた大学者と前衛知識人の集団を身近に置いたのである。

オレームはアリストテレスの翻訳を序言・注解・目次の総体のなかにはめ込み、そこで言語についての自分の考えを明らかにしている。彼はラテン語がもつ土台としての性質を疑ってはいない。そうしてしまうと、翻訳という作業の価値を無視することにもなりかねない。オレームは人間の認識が一歩を進めて、フランス語がラテン語と協力しあってその役割を果たす新しい局面を創り出そうとしている。言い換えれば、フランス語は真理を伝えるという聖なる使命をラテン語に代わって自ら引き受け、かくして普遍言語になる。オレームはパリのスコラ学（十二世紀）により練り上げられた、思想の場所の移動という考え方（アテネからローマへの空間において実現された〈トランスラティオ・ストウディイ〉）を再び採り上げる。さらにまた、クレティアン・ド・トロワ（十二世紀）によって叙事詩に表現された理念――フランスはギリシア・ローマに由来する学問と礼節との遺産を継承した、という理念を再び採り上げる。オレームはこうした理念を、歴史的伝達というキリスト教神学の見地から、限りなく拡張する。フランス語は、宗門外の知を普及させたり、ましてラテン文字を敷き写したりすることだけに限ることはなくなり、独自の意思疎通のモデルを自分の手でつくりだし、新たなる時代をこの世にもたらすだろう。「さらに神の望まれるように、来るべき時に達することだろう」。

　オレームは、自分の理論を自分の実践から引き出している。ラテン語版アリストテレスをフランス語に翻訳するに際して、緊密に結びついたラテン語（語彙・文法・修辞法および哲学が密接に融け合った言説）を表わすのに、フランス語の単語を大幅にこしらえあげてまとめた結びつきによらざるをえなかった。たとえば、いくつかのラテン語の用語（〈societas《ソキエタス》〉、〈communicatio《コムニカティオ》〉、〈urbanitas《ウルバニタス》〉、〈politia《ホリティア》〉、〈respublica《レス・プブリカ》〉）に、〈communication《コミユニカシオン》〉というフランス語の新造語をあてているが、この新語にオレームが文脈のなかで与えている意味は、いまならさしずめ「社会制度」とでもいったところであろう。

　アリストテレス『倫理学』、中世スコラ哲学版：《Administrandae porro reipublicae tria sunt genera,

totidemque ab illis sive declinationes sive destinationes, quasi harum pestes, et interitus...》
オレームによる訳：《De communication politique sont trois especes. Et les corrupcions ou transgressions de elles sont en nombre equal. [...]》
トリコの現行大学訳：「三種類の政体がある。また同数のその逸脱あるいは頽廃がある。〔……〕」
（『ニコマコス倫理学』パリ、ヴラン書店、一九五九年）

オレームが産み出した言い回しのなかに、〈母語（langage maternel）〉というのがあるが、これを彼は古代ローマ人によって話されたラテン語にあてている——「ラテン語から見ればギリシア語は、ちょうど現在のわれわれにとってラテン語をフランス語とくらべてみるようなものであった。学生たちは、その当時、ローマでも、その他の地でも、ギリシア語の手ほどきを受けていて、諸学はふつうギリシア語で与えられた。そして、この国では共通の母なる言葉はラテン語であった」。

こうして聖なるさまざまな言語自体が、それぞれの時代に「共通の母なる言葉」のなかに血肉化されたのである。これこそ、イエス・キリストの人性《ユマニテ》なる教義から導き出された理念にほかならない。この理念は、十四世紀末の絵画と彫刻によってもあざやかに絵解きされている。幼な子イエス（マントとフランスの王冠とをつけた母親の膝に抱かれている）が産着から身を出して、なんと筆記帳に文字を書きつけているのだ！

皮肉なことに、フランスの敵であるイングランドの国王が、フランス語の顕揚というこの偉大な企てに貢献する羽目になったのである。実際、イングランド王室は、フランス王国を継承する自らの権利を主張してやまなかった。だがそれには、フランス王国の言語を使用しつづけなければならなかった。各王国の言語に対する神学＝政治的な見解は、十二世紀から十三世紀に律法主義者の見解でもって明確になっていた。各王国の尚書局はラテン語を後ろ盾にしながらも、それぞれの王国の言語で記載された法体系を築き上げていた。とりわけイングランドでは、主権を立法権力と見なす法律家たちの学派が形成すらされていた。もっとも、イングランドの場合、その点で問題がないわけではなかった。というのもノルマン人の征服以来、国王と廷臣はフランス語を用いていたのに対して、アングロ＝サクソン語を承認し、用いつづけていたのは低い身分層、封建制度のなかでも司法と行政の下部機関であったからだ。とにかく、経済的発達、都市の増大、新しい社会階層の諸権力領域への参入が、イングランドでも、フランスおよび全ヨーロッパに見られたように起こっていたが、こうした出来事は、イングランド王国では英語において実現したのである。一三八六年には、イングランド国王の臣下たちは議会への請願書を英語で提出する権利を獲得するが、議会はこれに対してなお数年間、フランス語で回答している。フランス語が自然に話される範囲はみるみる狭くなる。こういうわけで、イングランドの学識ある人びとは、正則会話教本と文法規則集によるフランス語の学習を推し進めていく。文法に対する考察が、はじめて、ラテン語についてラテン語でおこなわれるだけではなくなり、フランス語についてフランス語と英語とでおこなわれることになっていく。

ライバルであると同時に変わらぬパートナーとして、フランス語と英語とは、たがいに働きかけ合いながら存在してきた。両言語のヨーロッパで及ぼした影響が交代した事情を明るみに出さずに、それぞれの言語の歴史を語ることはできない。十三世紀および十四世紀のフランス語、フランス文学とイタリア語、イタリア文学との関係もまた、この間の事情をよく語っている。

神聖ローマ帝国でシャルルマーニュ同様、伝説的な君主となる皇帝フリードリッヒ二世は、十三世紀のなかば頃は、ドイツ国民と同時にナポリとシチリアをも統治した。

ドイツ皇帝とシチリア王妃との息子として三歳でシチリア王となったフリードリッヒ二世は、十八歳のとき（一二一二年）に、教皇インノケンティウス三世の政治的イニシアチブに基づいて、ドイツ皇帝に選ばれる。その後、教皇に対立して破門されるが、十字軍の時代にエジプトのスルタンと交渉して通商条約を結び、エルサレム王国の王位に就くという画期的なことをやってのけている。

フリードリッヒ二世は幼少のころからフランス語とプロヴァンス語に通じており、それぞれの文学にも親しんでいた。彼は南イタリアのさまざまな土地の話し言葉を表わす書き言葉を、宮廷の言語、祝典の言語にまで高め、官僚組織、高位の法律家集団、大学を備えた国家を創設しようと企てる。彼以前にも、ノルマン人がシチリアの王であったとき、「国家の統一をはかるために」フランス語を導入しようとしたことがあった。そのときと同じく、今回もまた、「シチリア」語創設の企ては挫折に終わるだろう。

半世紀後には、イタリアでは都市が栄え、君主たちは栄華を極める――その個性、豊かさも不運も、それらの位置が東洋と西洋、教皇と皇帝との中間を占めていることに負っていたのである。そのような時代に、ダンテ（一二六五～一三二一年）がフランス語の文学に面と向かって、いよいよ、イタリア語の文学を創り出していく。

ダンテ・アリギエーリは、フィレンツェの貴族として、外交官の道を歩むよう定められていた。当然、基本となる教養はラテン語で身につけ、近代思想はフランス語で受け継いでいた。師であるブルネット・ラティーニは、『宝典』をパリのフランス語で作り上げたが、これは一種の百科辞典を詩的に分かりやすく書き直したものであり、これを簡約にしたそれほど野心作ではない『小宝典』はイタリア語で書かれていた。ダンテは『帝政論』、『俗語論』をラテン語で、抒情詩『新生』をイタリア語で作っている。

ダンテは、偉大なフランス文学、叙事文学と教訓詩の思考分野に拮抗できる思考の場をイタリア語で創り出したいと考える。そのために、自分の使っている通俗言語を「光輝ある通俗語（volgare illustre）」に変える。これは、「シチリア島、ロンバルディア地方、ロマーニア地方、プリア州、辺境にまたがる地方」で話されている言葉のさまざまな特徴を象徴的に結びつけたエクリチュールである。こうした操作がなされていても、ダンテの作品では、なにひとつ人工的なところはない。かの『神曲《コメディア》』――地上の幸福と彼岸での救済を探求する人間の神秘的叙事詩――は、このようにして血肉化されるのだから。『神曲』は、卓越した世界観とともに、言語としての個性を（『ロランの歌』のように）一挙に獲得している。

こうなると、両言語の歴史的な違いは、くらべてみれば一目瞭然である。フランス語の場合には、学識者たちの努力は、（王国の統一という）政治路線にとって欠かすことのできない一部となった。フランスでは、政治計画が君主制の将来と同一視され、権力のさまざまな場において育まれていたからである。これがイタリア語になると、諸国家が分散していて国語の発達を許さなかった。学識者の作品は、外に向かって開きかかったものの、再び閉じられてしまったのである。ダンテから二世紀の後、マキアヴェリは考える。イタリア語はダンテの構想したような言語になることはできない。むしろ、現にあるがままの固有言語、とくにダンテのなかで生きているフィレンツェ語のような、必要に応じて外国からも借りて内容を豊かにする、そんな言語であるべきだ、と。こんにちなお、イタリア文学は、さまざまな方言に分裂した状態を克服しようと努めている。それと同時に、その地域的変異体とヨーロッパの諸言語とに向けて、自らを大きく開いてきたのである。

ともかくも、ヨーロッパにおける知の転移（ラテン語から各国語への、また各国語相互間での）が、多年にわたる教師集団の活動なしには起こりえなかっただろうということは確かである。ジャック・ル・ゴフの画期的著作『中世の知識人』（パリ、スイユ社、一九五七年）によって、私たちがその歴史を知っている人びと——教会にも俗世間にも所属している文芸の職人たちは、〈学校〉で職業として先生をつとめ、遠い過去のカロリンガ朝創設者たちの多方面にわたる相続人として、十二世紀の都市が発展する間に登場する。十三世紀に、彼らは自分たちの同業組合精神と理論的実践を展開するが、頂点に達すると偉大な大学人たちは権力への道を独占し、些末主義に閉じこもってひからびる恐れがあった。十四世紀にはついに、君主たちの庇護下に入り、特権的な人文主義者の閉鎖集団を形づくっていくか、それとも世俗権力の勢力圏内に移って、いまだ歴史の表舞台に登場しないブルジョワジーのさまざまな層のなかに散らばっていくのである。

第二章　書物と演劇

Ⅰ　ヨーロッパ思想の豊かな流露（十五～十六世紀）

もともと、ヨーロッパでは、思想の運動はどれもが再生であった。それというのも、知はエクリチュールへ移行するとき、また、ある言語から別の言語へと移行するときには、自らを再び創造するものであったから。それぞれの知的世代（それぞれの世紀）は、こうして古代の文化を自分の時代に再生させたのである。それにもかかわらず、ふつう〈ルネサンス〉と言えば、ひとつの絶対的な始まりのように語られる。どの辞書も、そういう独自な意味の取り方をこの語に認めている。それは、「十五世紀以降イタリアで引き起こされ、ヨーロッパ全土に及んだ知的飛躍」を指している。確かに、ヨーロッパの諸文芸がひとたび成熟するや、ラテン思想の直接の指令に従うことなく、たがいに結びつきあったのは、ルネサンスのこの時期のことなのである。反面、さまざまな新しい共同体の出現は、一般教養に、それまでとは異なる深まりと広がりとを与えた。ギリシア・ラテンの文学は、十五世紀・十六世紀以上に、ヨーロッパにおいて、豊かにさせられたこともなければ、実り多かったこともなかったのである。

一四〇〇年代（イタリアの〈クワットロチェント〉）には、共和都市（ヴェネツィア、フィレンツェ……）と諸侯の宮廷（ミラノのヴィスコンティ家、フィレンツェのメディチ家、ローマの教皇の……）は、新しい思想に、かなり自由な政界ときわめて豊かな実業界の後ろ盾を与えていた。

メディチ家は、おそらく薬剤師の出であったのだろうが、十三世紀には、商人となり、銀行家として栄えていた。十四世紀にフィレンツェの「ゴンファロニエーレ（長官）」となり、十五世紀にはまるで世襲の王朝のようにして次々と政権の座に就いていく。

十三世紀にミラノ大司教となったヴィスコンティ家の一人が、その甥を「民長」に選ばせると、十四世紀に、ヴィスコンティ一族は次々にミラノとロンバルディアの指導的地位に就く。

ミラノのヴァレンティーナは、十五世紀にフランス国王シャルル六世の弟と結婚する。メディチ家のカトリーヌとマリーは、十六・十七世紀のフランス王妃である。

かつてない数のテキストがヨーロッパに流れ込むのにつれて知的飛躍が起こる。十五世紀の中頃に、ビザンチン（東ローマ）帝国の崩壊（一四五三年、トルコ人のコンスタンチノープル奪取）によって、西欧、とりわけイタリアに、大量の古写本を携えた学者たちが多数追い払われてくる。中世のラテン文化は、キリスト教教義と古代思想を記したギリシアの言語と作品に触れる機会がなかったがために何世紀も前から失っていた広がりを取り戻す。

時を同じくして、印刷術の発明が、さまざまな作品の流通に変動を引き起こしていく。

シャルルマーニュの時代に、新しい草書体が考案され、学芸の復興に成否を決する役割を果たしたのだった。手を使わずに文字を複製する技術は、七世紀の中国に始まるが、この技術の達成こそ、もっと決定的であったに違いない。それというのも、何世紀もの間、使用されてきたのは木版術であり、これは図像をまるごと一枚また一枚というように（手によるよりも正確に、しかしゆっくりと）複製するものであったから（中国の紙銭、中国での紙の上への組版、ヨーロッパでの中世末の組版）。しかし、近代的な印刷術が登場するのは金銀細工師の側からであり、彼らは、いかなる組み合わせも自由にできる、きわめて精巧な金属製の活字を鋳造する。これらの印刷は工芸が開花する時期に実現し、資本主義の体制が発展する時期にこれに対する出資がおこなわれる。製紙用の水車は十四世紀に出現。高炉は、十五世紀初頭、リエージュ地方にはじめて建造される。

金銀細工師グーテンベルクは、ストラスブールで、ついでマインツで、印刷機を発明するが、しかし出資者たちとの合意を見るにいたらなかった。協力者のうちの二人が設立した企業は順調に発展し、ここから印刷工たちの署名入りのはじめての書物『マインツの詩篇集』が一四五七年に出版される。一四六二年からは、マインツの印刷工たちは、ヨーロッパを横切って分散していく。当時からこんにちに至るまで、書物の歴史は産業上および財政上の変動に左右される。

印刷業者たちの常連の客は、既成の権力である。まずは、布教と教育の特権を握る教会。最初に印刷された本は詩篇集と初等文法書である。パリにはじめて設置された印刷機はソルボンヌのものである。だが、王侯・貴族、そして早くもブルジョワたちに属する世俗の決定権を握る機関も、同様に、若い国民文学を普及させ結集させるために印刷機を利用する。一五〇〇年頃には、四万部の書物が出版されるようになる。一五五〇年頃、フランスでは、ラテン語による出版は少数派になっていくだろう。

テキストの流通に変動が起こった結果、まず第一に、新しいタイプの人間たちが生み出されてくる。文学的な大衆、すなわち文字で書かれた作品を読んだり、見たり、聞いたりする人びとの総体としての登場である。それまでは、「騎士身分」のなかに知の進展がゆるやかであれ見られたのだが、「聖職者身分」は、読むことと書くことを同時に使命とする、文に通じた人物たちでできあがっていた。これからは、印刷された書物が普及していくにつれて、一方では、書くことを使命として何か新しいものを生み出していく人びと（むろん読むことのできる人びと）が出てくるし、また一方では、読むことを務めとする人びと（もちろん読めるようになるために、文字を書きつけたり、文書を作成することさえ絶えず訓練した人びと）が出てくる。テキストの新しい体制がまもなく出現させるのは、従来とは異なる社会的諸関係であり、以前の聖書神学を作り変える精神の〈宗教改革〉であり、通俗言語である。

歴史家は、近代的な批判精神、つまり宗教的信仰の諸教義から解放された判断力が表面に現われたのは、ヨーロッパの「ルネサンス」の時期だとする。それまでは、聖職者たちが信徒たちについての自分たちの判断を上層部から、あるいはさまざまな論考を通じて、聖職者同士の間で作り上げていた。書物によるコミュニケーションは、書き手が自分の「考え」を読み手の自由な判断に委ねることを要請するし、読み手もまたひとつの見解を形づくるように個人個人で努力せざるをえない。作品というものは、かつては、聖職者から見れば〈世界の鏡〉（speculum mundi）であったが、これからは、書くにせよ、読むにせよ、そうした活動を成し遂げることに個人的に関心をもつ人びとが、面と向かって行なう省察、すなわち〈思弁〉（spéculation）となるだろう。書物の時代が始まると間もなく、フランス文学は、その新しい読者を、新しい作家――ラブレーとモンテーニュ――を、生み出していく。

批判精神（自由思想、自由検討、道徳的内省、文芸批評）が生まれたのは、書物だけからではない。それは、劇場においても同様に形作られた。劇場は、印刷された書物が写本とは異なるように、中世の舞台とは異なる、世界を上演する場なのである。

書物もなければメモ帳もなかった時代に、中世の聖職者たちは、ギリシア・ローマの教養人に次いで、自分の文章（自分の思想）を思い出すために、また、これを言説にまとめるために、心的なイメージを利用していた。テキストの部分はそれぞれ、あるひとつの道のりをたどるときにおこる出来事に結びつけられていたし、あるひとつの建造物の区画に結びつけられていた。聖史劇が成り立っていたのは、大聖堂の前の広場や、行列・行進の沿道にあたる街ごとに、舞台を組み立てて並べた活人画（クリスマスに飾られる「クレシュ」はその名残り）からである。ダンテの『神曲』は、「世界の鏡」（〈Imago Mundi〉、〈Speculum Mundi〉）と同様に、巡歴の道筋に割り振られた挿話で構成されていた。想像力のこうした組み立て方は、やがて間もなく、ルネサンスの書物と演劇の登場とともに変化していく。

十六世紀のイタリア人文主義者たちは、舞台用の建物を石で造ることを企てるが、このために、古代建築様式は一新され、そしてまた貴族の宮殿のなかに組み込まれることが可能となる。

「パッラディオの作品（一五八五年）であるヴィチェンツァのオリンピコ劇場は、半円形の観客席と舞台本体とからでき上がったローマ式の構造を屋内に復元したものである。だが、その半世紀前に、最も基本的な考案はなされている。絵画的遠近法の使用である。ヴィチェンツァの当地で、セルリョが構想していたのは奥行きのある舞台で、騙し絵でもって描かれた、奥へと後退していく中央軸の両側に並ぶ支柱が直角に取り付けられるようになっていた。「イタリア式」といわれるこの仕掛けは、一枚の画面のもたらすのと同じくらい完璧な目の錯覚を生む効果を上げていた。以来、こんにちまで、セルリョの後継者たちはこれを改良していくだろうが、それも照明設備と機械設備の進歩のおかげであり、原理にはなんの変更もない」（『アンシクロペディア＝ユニヴェルサリス』第十五巻、ラウル・ピニャール「演劇―2西欧演劇史」）。

イタリア式舞台装置は、やがて、宮廷および都市の「古典主義の」時代に、ヨーロッパ演劇の創造の場となっていく。作者と読者との間では、書物を通して向かい合うといっても、想像上のことにすぎない。世界を主観的立場からも客観的立場からもくりかえし見直して一つの世界像を作り上げるプロセスは、内的生命の領域に属する。これを伝達するためには、さらに表現活動が必要となる。これに反し、省察の働きは演劇において、なにからなにまでそのまま物質化され、客席の観衆は舞台の役者を見つめ、役者たちも観衆を見つめる。王侯のボックス席は遠近法の「視点」にぴったりと位置づけられている。王侯はここからすべてを見るとともに、王侯自身がさまざまな視線の中心になる。

劇場がヨーロッパにおいて、その文化的ネットワークを形づくるくらいに充分な大きさと数の多さを備えていくようになるのは、十八世紀も末になってのことである。たがいに異なる国民の主権を代表する、言い換えれば、ひとつの民族全体の在り様を翻訳するように書かれた劇作品の演目をつくりだすためには、いくつもの文学的な世代を重ねることもまた必要となるだろう。翻訳するとは、取りも直さず、ひとつの共同体を象徴するエクリチュールを発見することにほかならない。他の共同体の言語、精神へと取り込まれることを野望として抱きつつ、だ。

こういった創造性の本拠地は、十五・十六世紀には、フランスにはなかった。この国では、国家の力とフランス語の力とが、何世紀も続いてきた形態から解き放たれなければならなかった。ルネサンスの時期に、将来のさまざまな文学の舞台となるのは、イタリア、スペイン、およびイギリスなのである。

イタリアでは、王侯の祝宴がすべての芸術を結集させる。深い学識、歌曲芸術、造形美術は、儀式の行列、バレエ、仮面舞踏会を生み出すが、これらのために、レオナルド・ダ・ヴィンチは機械仕掛けを考案し、ラファエロは装飾を、詩人たちは寓意を、そして音楽家はオペラの前身である「レチタティーヴォ様式」を考案する。

イギリスでは、アングロ＝サクソン語とラテン語とフランス語の混血した「英語」が、フランス語をしのいだ。英語が初めてその名を高めたのは、チョーサー（一三四〇～一四〇〇年、フランス語による物語の翻訳者かつ競争相手）の『カンタベリー物語』であるが、一五二六年に出版されたこの物語は、イタリアの『デカメロン』の技法にならった浮世ばなしである。英語が完全に支配力をふるうのは、遅れて、十六世紀末から十七世紀初頭のことだ（エリザベス朝演劇独特の舞台の上で）。シェイクスピアが演じられるのはコルネイユよりわずかに前のことであり、彼がヨーロッパの思想界に君臨するのは、ずっと後のことである。

スペインでは、新しいタイプの「大衆読物」が『カリストとメリベアの悲喜劇』により始まる。これはフェルナンド・デ・ロハスの『セレスティーナ』（一四九九年）の正式の題名であり、延々二十一幕にもわたる対話体小説の一種で、運命的な愛という高貴な主題を、往来だの町民たちの家々だのといった卑俗な情景に混ぜ合わせている。スペインの文芸復興は、植民地の拡大、カール五世のヨーロッパ支配に付随している。最後に、バスク生まれで、スペイン語を解し、普遍的使命を帯びた教会人、イニゴ・デ・ロヨラが現われ、〈イエズス会〉を創立する。この組織は、聖書、文芸、科学の伝達において、大学を継承していくことになる。

イグナティウス・デ・ロヨラは、ギプスコア地方のバスクの旧家に生まれた（一四九一年と一四九三年の間に）。本人の打ち明けるところによれば、二十六歳まで「この世の空しい企てにふけった人間」であり、「名誉を得ようとの尊大で空しい欲望をもち、武芸に喜びを見出し、武勲を立てることに夢中になっていた」、つまり、スペイン、ナバラ、そしてまたフランスの諸公・国王の勢力圏にいた。しかし、青年時代の波瀾に富んだ生き方そのものが、彼を「スペイン」の神話的人物におさまらせておかない。

普遍性というキリスト教の精神が、イグナティウスを改宗へと、彼の言葉によるならば「霊的再生」へと駆り立て、彼を「別の人間」に変えた。『霊操』は彼の生涯にわたって書き上げられ、スペイン語で書かれているが、キリスト教の教団の内側のものであり、イグナティウスの生きていた一五四八年に（フルジウス神父、デ・フルーにより）ラテン語に訳されている。イエズス会は、パリの大学の教師・学生七人が集まって交わした約束から、サン＝ピエール＝ド＝モンマルトルに誕生した。バスク人ロヨラ、サヴォア人ピエール・ファーブル、ナバラ人フランシスコ・デ・ハス・イ・ハビエル、ポルトガル人シモン・ロドリゲス、改宗したユダヤ人家族の末裔でイグナティウスの最初の後継者として会を指導するカスティリア人ディエゴ・ライネス、アルフォンソ・サルメロン、ニコラス・ボバディーリャが七人の同志である。イエズス会士たちの信者獲得と活動は、しだいに、その国際的な性格を強固にしていくが、これは聖職者たちの以前の普遍性が形を変えたものにほかならない。同じくイエズス会の学院、教育方法は、ラテン語のもつ聖なる権威をなにひとつ捨て去ることなく、ラテン＝ヨーロッパの言語連合体を変えていく。なにからなにまで地球的規模において、だ。

フランスでは、「ルネサンス」の時期は、イエズス会の教えを受けた者たち（デカルト、コルネイユ、モリエール……）が、ヨーロッパ思想の先頭を切るときに終了する。もっと時代が下って、イエズス会の別の教え子たち（ヴォルテール、ディドロ、ロベスピエール……）は、フランス語を「大革命」にまで至らせる。

Ⅱ　フランス的審美眼（十六世紀）

いわゆる「イタリア戦争」と「ルネサンス」とは、フランス人の頭のなかで結びついている。「百年戦争」同様に王朝の争いに端を発して、十六世紀の諸戦争は何世代にもわたって続き（一四九四～一五五九年）、ヨーロッパのあらゆる国々を巻き込んで、イタリアの地で戦われた。その結果、イタリアの諸国家は、独立を失う反面、すべてのヨーロッパ諸民族は、イタリア文化と接触することにより、再創造されたのである。フランス文学がその揺るぎない伝統の重みを乗り越える方法を発見したのも、イタリア語のさまざまな作品のなかに没入することによってであった。

イタリア戦争の始まった一四九四年、フランス中心部の富裕な小作農家で、シノンの弁護士の息子が生まれた。フランソワ・ラブレーである。学問を志し、聖職者の道を歩むことは、こうした環境の子どもにとっては当たり前であった。おまけにラブレーは、当時として身につけうるかぎりの文学的な教養を、全階梯にわたって積みつくす個人的な機会にも恵まれている。

ラブレーはまず、自らの少年時代と青春初期を、近くの大修道院および修道院のただなかで送る。ここで中世スコラ学の方法をとことん叩きこまれるが、知に近づくためには別の途《みち》もあることを見出すや、ただちにこれを投げ棄てる。学ぶことに激しい熱意を抱いていただけに、いっそう荒々しく。さまざまな書物を手にし、ギリシア語を学び、学識豊かな人びとと文通をし、ギリシアの歴史家ヘロドトスをラテン語に翻訳する。そのため、聖書の原典批判の取り締まりに努めていたソルボンヌと衝突し、ギリシア語の書物を取り上げられる。

三十歳で、ラブレーは新しい思想の擁護者である司教の庇護を受け、学芸に造詣の深い人びとのサークルに足繁く通いはじめる。司教に従い、ポワトゥーの各地方を訪れる。技能のすぐれた詩人たちとともに貴族の集いに参加し、ポワティエの大学で法学の知識を完全なものにし、宗教および宗教改革の問題を論じる。ボルドー、トゥールーズ、オルレアン、およびパリで学生となる。三十六歳で、モンペリエの医科大学に登録すると、ここで解剖学と物理学の古代の著述家たち（アリストテレス）を研究し、ついで当時としては画期的な、ギリシア語原典での講義を行なう。三十八歳で、ヒポクラテスの註解本をリヨンで出版する。同年、相も変わらずリヨンで（ここからイタリアへ何度か行ってはいるが）、『パンタグリュエル』を、二年後には『ガルガンチュワ』を刊行。評判の医師として、パリ司教デュ・ベルレー枢機卿のローマ行に同伴、教皇のもとをたびたび訪れ、トリノでは医療にもたずさわっている。さまざまな紆余曲折の末、修道誓願から解放されると、ラブレーは医学博士となり、フランス王国の最も優秀な医師の一人となる。と同時に、人文主義の作家としての作品の実現に努め、五十二歳で『第三之書』を、五十八歳で『第四之書』を刊行する（一五四六年、一五五二年）。ムードンの司祭職の聖職録を手に入れるが、彼の著作は、教会と高等法院によって禁書の宣告を下されている。六十歳頃に死去（一五五三年あるいは一五五四年)。

ラブレーの生涯の大切なところをかいつまんで見たわけだが、このことから、二十世紀末の人びとが歴史的に理解できることは、「人文主義的」なフランス教養人の第一世代の典型例である。そこに生き生きと見て取れるのは、さまざまな言語習得が、どのように創造的な天才を呼び起こすかということである。

それというのも、ラブレーの思想は、彼の文体と同一だからだ。つまり、さまざまな言語と言語活動との間でお膳立てされた出会いなのである。彼の作品のどのページにも、まるで夢のなかでのように、繰り返し出てくるのは、どんな人間にとってもはじめての作業、すなわち、自分の声を聞かせるということである。その作業は、生まれたばかりの子が自分の存在を泣き声に象徴として込めて、なんとか示すことに成功する類いのものだ。それは、子ども《アンファン》(ラテン語〈infans〉は、「話スコトノデキヌモノ」の意)が彼の叫びを、母のことばにある語で表現することを学ぶときに繰り返される。それは、話し相手に応じて言語活動あるいは言語を変えなければならないとき、そのつど繰り返される。とりわけそれは、エクリチュールのさまざまな記号表現によって言語活動を制御しなければならないときに、繰り返される作業なのである。いずれの作業にも変貌はつきものであり、これらの変貌を、今度は文学的で奔放な想像力が、想像上の知と言語とにおいて表現する。ガルガンチュワは、母親があいにくの消化不良の最中に、そのおなかから出てくる——

「こうした故障のために、子宮の髀臼《コチレドン》が上のほうに口を開けてしまい、そこから胎児が飛び出し、上昇静脈幹にはいりこみ、横隔膜を通って肩の辺まで攀じ登り、(そこで、この血管は二つに分れているが、)

左手へ道を辿って、左の耳から外へ出た。

子供は、生れるやいなや、世間なみの赤ん坊のように「おぎゃー、おぎゃー」とは泣かずに、大音声を張りあげて「のみたーい！ のみたーい！ のみたーい！」と叫び出し、あらゆる人びとに一杯飲めと言わんばかりであったから、ビュースやヴィヴァレー地方全土一帯からも、この声は聞き取れたほどだった」（『ガルガンチュワ物語』、第六章、渡辺一夫訳）。

「この奇妙な生誕」を理解すること、それは取りも直さず、ラテン語・ギリシア語・フランス語テキストの慣行、書かれていないものが書かれたものと取り結ぶさまざまな関係、一般語と特殊語の用法をごちゃまぜにし、そしてもう一度作り直すことにほかならない。常識を問い直すことだ。

突如としてヨーロッパに現われた何百万部もの書物にまじって大量に顔を見せたのは、宗教画であり、ついで非宗教的な画、暦、愚民化をはかるものと十九世紀であれば形容されそうな信仰をひろめる絵入り小冊子であった。ずっと前から、学識者たちの思想と一般信者たちの思想との間には精神的な断絶があって、両者を引き離していた。アリストテレスやヒポクラテスの偉大な校訂版は、印刷部数の多い部類には入らなかった（こんにちも変わらないが）。だが、印刷術はさまざまな思想の間に対立の土壌を生み出していた。ラブレーは大衆を相手として書く。時代遅れのスコラ学と民間の迷信とを、いっしょくたにして笑いとばす方法を見つける。リヨンの書籍印刷出版業者たちは、たとえラブレーのヒポクラテス註解版がほんの数冊しか売れなくても、匿名のおどけ話で当たりをとる。『なみはずれて魁偉なる巨人ガルガンチュワの無双の大年代記』、ラブレーは、この物語にパンタグリュエルという息子を与えることを考えつく。「パンタグリュエル」と「ガルガンチュワ」のさまざまな冒険はベストセラーに、すなわち、店先で行なうヨーロッパ的規模の商売になる。

イタリアの一修道僧、ラブレー同様、修道院と縁を切った、ベネディクト会修道士で四歳年上のジロラモ・フォレンゴは、理性論者の哲学者にして敬虔な詩人であったが、大学内に伝わる風刺の伝統を改めて取り上げ、メルリン・コカーイ（「料理人メルラン」の意のラテン＝イタリア＝フランス語の名前）という偽名で、「雅俗混交体滑稽詩（マカロニック）」なるジャンルを作り出していた（マカロンとマカロニはイタリア料理で使うパスタである）。ここに書かれていたのは、政治的・宗教的な当てこすりでいっぱいの滑稽な逸話であり、ラテン語（いわゆる「台所用の（＝間違いだらけの）」ラテン語で、もっぱらラテン語のみを使うべしとの拘束が召使いにまで及んでいた中世の学寮に由来する）とイタリアの諸方言とを組み合わせた、仮構の言語で書いてあった。『マカロニックの書』は一五二〇年に公刊されている。ラブレーは、これをフランスかイタリアで読む。そしてこの新しいもくろみに荷担し、全力を投入する。

メルリン・コカーイ、『バルドゥス』の冒険――


バルドゥスはシャルルマーニュの孫で、巨人のフラカスと利発なシンガルとともに世界を駆け巡る。一行が代金を払って船に乗ったところ、乗客（三〇〇〇頭の羊を連れた商人たち）に闖入者扱いにされ、海のなかに投げ込むぞと脅かされる。

「腹黒いシンガルは、自分の考えていたとおりにことが運ぶ好機到れりと見てとると、これらの田舎者たちの一人に巧みに近づいて、こう言った。『やあ、なんてたくさんの食べものがあるのだろう！どうだい、相棒、俺に太った羊を一匹売ってはくれないか？』商人は答えた。『おらのことかね？　三匹でも八匹でも一四匹でも持ってくさ、一匹だけで足んなけりゃ。きちんとお代は払ってな。一匹がとこカルリーノ金貨八枚はもらうがね』」

《Fraudifer ergo videns Cingar jam stare propinquum tempus oportunum, sua quo pensiria cordis mandet ad effectum, sese cativellus acostat villano dicens : — O quantae copia carnis! Vis, compagne, mihi castronem vendere grassum? Respondet pegorarus : — Ego? tres, octo, quatordes, si tibi non unus bastat ; modo solvere voias, ac de almancum carlinos octo per unum.》

シンガルは買った羊を海に投げ込む。するとほかの羊たちもみなその後について行く。

「こうして海は一面に羊の毛をまとった魚で覆われ、これらの羊たちは牧場の草とは別のものを食べたのであった」。

《Totum lanigeris completur piscibus aequor atque aliud pascunt agni quam gramen et herbas.》

『バルドゥス』第一二章、一四〇以下、『イタリア文学、歴史とテキスト』所収、R・マッテオーリ編纂、第二十六巻、第一冊、ミラノ、リッチャルディ出版、一九七七年（訳者不詳、一六〇六年刊、一八五九年再刊。『十六世紀フランス文学』所収、シュヴァイエ＝オディァア編、パリ、アシェット社、一九二七年）。

ラブレーは、メルリン・コカーイを仮構のフランス語に移し変える。彼はイタリアの作家同様、狭く限られた欲望のもつ圧倒的な力に対して、教育ある人間のアイデアの豊かさに凱歌をあげさせようとする。他の誰よりも、雅俗混交体滑稽詩の文体〔突飛な言語を使うことで加速のついた物語〕のもつ火力を見てとることができるからこそ、彼にはまた、この火器の戦闘力をさまざまに変えることも可能なのである。ラブレーは彼の『第四之書』で、「パニュルジュの羊」の挿話を、絶えず引き延ばされた物語の形で構想しているが、これは、初版のあとで、商売の駆け引きにさまざまな回り道を付け加えることでいっそう長くしたのである。

「……」パニュルジュは、エピステモンとジャン修道士〔パンタグリュエルの先生と友だち〕とに、こっそりこう言った。「ここから一寸離れていてくれないかね、面白いお慰みを御覧に入れよう。途中で綱が切れさえしなかったら、素的もない見物《みもの》になりますぜ」と。それから、例の商人のほうへ向き直り、その健康を祝うと言って、改めて、大杯になみなみと注いだ提燈国《ランテルノワ》〔架空の国〕産の銘酒を飲み干した。商人も、実に礼儀正しく作法を重んじて、元気よくこれに応じて飲んだ。

それから、パニュルジュは、どうか羊を一頭売ってもらいたいと、熱誠こめて頼みこんだ。商人はこう答えた。

――これやこれやどうも、あんたさん、そこの旦那さん、どうも貧乏人どもをおからかいになるのがお上手ですわい。旦那はまったく、おっとりしたお客さんさ。へえ、御立派な羊買いさまだ！　神かけて、あんたさんはな、羊の買人《ばいにん》っていうよりか、どうも巾着切りといった御面相ですぜ。「こりゃ《ドゥ》、聖ニコラ様にかけて《コラ・ファイヨン》」〔ロレーヌ地方の感嘆句〕じゃ、ずっしりした財布を持ってあんたの側にいたら、とんだえらい目に会いますわい！　は、は、はん、こっちで知らぬが仏であると、とんでもない悪戯《わるさ》をされてしまいまさ。だがな、おい、皆の衆、御覧なされ、見たところは、いかにも史料編纂官然と澄ましてござるが！〔学者語を使う無学ものに対して、と同時に学者の尊大さに対して向けられたからかい〕。

――ならぬ堪忍するが堪忍。（とパニュルジュは言った。）だが、それはそうと、特別の御厚意で、羊を一頭売っては下さらんか。おいくらかな。

――あんたさん、旦那さん、（と商人は答えた、）一体どういうおつもりじゃな？　これこそ大羊毛と謳われた稀代の毛並みの羊でござんしてな。〔「大羊毛の羊」が、光輪を頭につけた小羊の刻印された金貨であったことにかけた駄洒落〕ヤソンもこれから金羊毛を取りましたぜ。ブゥルゴーニュ家の勲章の由来も、この羊からじゃ。東邦産の羊じゃ、年輪重ねた羊ども、脂身重ねた羊どもじゃな。

――よろしい、（とパニュルジュは言った、）だが、どうか一頭譲ってくれんかいなあ、願いの筋如件《くだんのごとし》だし、間違いなく、すぐさま、西邦金貨、伐採林貨幣、薄脂金貨で支払うよな。いくらだね？

――旦那さんよ、あんたさん、（と商人は答えた、）一寸な、もう一つ別なお耳で聞いてくださいよ。

――承知いたした。

――あんたは、提燈国《ランテルノワ》へ行かっしゃるのか？

――いかにもしかり。

――世界見物にな？

――いかにもしかり。

――欣び勇んでな？

――いかにもしかり。

――どうも、あんたの名前は、羊野驢馬助《ロバン・ムウトン》ということになりますかな？〔羊が「べー」と鳴くように、あんたは「いかにもしかり」を繰り返すしか能がないのかな〕。

――御意《ぎよい》のままに。

――と申しても、お気には触りはせんな？

――いかにも、その通り。

――どうも、あんたは、王様附きの道化師じゃな。

――いかにもしかり。

――さあ、握手いたしやしょう。は、は、あんたさんは、世界見物にお出かけで、王様の道化師で、お名前は、羊野驢馬助《ロバン・ムウトン》とおっしゃる。ほれ、この羊を御覧くだせい。こいつの名は、あんたと御同様、羊野驢馬助《ロバン・ムウトン》と申しますがな。羊野驢馬助《ロバン・ムウトン》や、羊野驢馬助《ロバン・ムウトン》や、羊野驢馬助《ロバン・ムウトン》。べー、べー、べー、となo やれやれ、良い声ですわい。

――実に見事で、調べも妙《たえ》だな。

――旦那さん、さて、わしとあんたで、取りきめをしやしょう。あんたは、羊野驢馬助《ロバン・ムウトン》じゃによって、天秤のこっちの皿にお乗りになるとし、わしの羊の驢馬助《ロバン》は、あっちの皿に乗せることにしますのじゃ。で、わしは、ビュッシュ〔アルカション湾にある〕産の牡蠣を百杯賭けますがね、この羊めは、あんたがいつか首吊りにおなんなさる時と同じ恰好にあんたさんを吊りあげてしまいましてな、目方でも値段ででも価格ででも、えいこらほいと、あんたなんか負かしてしまいますぜ。

——ならぬ堪忍するが堪忍。（とパニュルジュは言った。）しかしなあ、その羊なり、もっと安手の別の奴なりを私に売ってくださったら、私のためにも、あんたの御子孫のためにも、えらいありがたいことになりましょうぞ。お願い申す、なあ、商人殿《あきうどどの》。

——あんたさん、（と商人は答えた、）旦那さん、この羊どもの毛で、ルゥワンの上質羅紗が織られるんですがな。それとくらべたら、リメストル〔イギリスのレムスター製の上質羅紗〕の梱包みの毛糸など、屑みたいなもんですわい。皮を使えば、立派なモロッコ革ができますが、こいつを、トルコ渡来のあるいはモンテリマール産、あるいは、どう間違っても、イスパニア渡来のモロッコ革としては売り捌《さば》けますさ。その腸を用いれば、提琴や竪琴の絃ができますが、ミュンヘンなりアクイラ産の絃として売れますすな。いかがでござる？

——お願いいたす、（とパニュルジュは言った、）一頭お頒けくだされい。さすれば、御門の錠前に額突《ぬかず》き申そう〔意味不明の言い回し〕。ほれ、この現金《げんなま》を見られい。して、おいくらかな？　こう言いながら、アンリ金貨〔『第四之書』初版の年に鋳造された貨幣〕をぎっしり詰めた財布を見せびらかした。

〔裏工作をさんざんした後、商談は成立する。〕とっさのことで、ゆっくり見ている暇もなかったのだが、突然、どうしたわけかパニュルジュは、何も言わずに、べえべえ啼き喚くその羊を、海の真《まん》なかへ投げこんでしまった。すると、他の羊が全部、同じような声音でべえべえと啼き喚きながら、これに続いて列をなし、海のなかへどぶんどぶんと飛びこみ始めた。〔……〕他の羊飼いや番人どもも同じく、あるいは羊の角を摑んだり、あるいは脚を摑んだり、あるいは毛を摑んだりしたが、この連中も皆、同じよ

うに海中へ引っ張りこまれ、無慚にも溺れてしまった。［……］

船から商人や羊どもの姿が消えてしまうと、パニュルジュは言った。

――まだ何匹か、羊的存在《アーム・ムウトンニエール》が残ってるかな？［……］

（『パンタグリュエル物語』第四之書：第六章、第七章、第八章、渡辺一夫訳）

国民主義的な精神のなかで百年来施されてきているようなフランスの文学教育は、ラブレーが他のさまざまな作品（それらの作品の書かれた言語で一度も引用されていない）から行なった「借用」を問題にし、相も変わらず、フランスの作家は、彼が良いと判断したものを「発展させ」、「豊かにさせて」きた、と主張している。こうした見方は、一人の天才のスケールの大きさを「説明している」と思い込みながら、実は、彼のパートナーたちの個性を押し殺しており、しかも、さまざまな言語と文体とが深いところで依存しあっていることに気がついていない。ひとつひとつの作品の独自性をはっきりとさせるためには、どのようにして、メルリン・コカーイは台所用の（間違いだらけの）ラテン語をもとにイタリア語のエクリチュールを固め上げているかを理解できることが必要となるだろう。他方、ラブレーは、フランス語のエクリチュールを、これに奇妙な臓器を移植することにより、増殖させているのである。ラブレーにおける言葉の膨張は、無秩序でも規則的でもない。作家は、彼の時代のフランス語の文法と修辞法にさまざまな危険を冒させる。それぞれの枠組みからはみ出した冒険をさせる――パニュルジュのように――ことによって、だ。ラブレーは、ヨーロッパではじめて、序列のついた中世文学とは対照的に、近代的な交換の文学の糸口をつける。飲むことと食べることとをメタファーとして、魂にふれることごとを比較して感じとり、判断する能力である美的センスのイデオロギーが、練り上げられていくのである。

ルネサンス期フランス教養人の第二世代になると、もはやイタリアを発見したり印刷術を発明したりする必要はない。彼らは、ヨーロッパに戦争が続く間、書物のなかで育ったのである。一五二二年にアンジューに生まれたジョワシャン・デュ・ベレー、また一五二四年にヴァンドモワに生まれたロンサールは、ほかの何人かの者たちとともに、初の国民的な文学マニフェスト『フランス語の擁護と顕揚』（一五四九年）を発表する。これは、こんにちのフランスの高校で、いまも反論の余地のない教説として教えられている。この教説はさまざまな断言と勧告とを通じて散らばっているが、こんにちの歴史家の目から見れば、シャルル五世治下に引かれた路線の延長である。すなわち、フランス語は思想および芸術の領域においてラテン語と競い合わなければならない、ということだ。フランス語の名声を高めなければならない。つまり、フランス語に偉大な文学を与えなければならない。さまざまな翻訳の作業を利用し、これを越えることによって。古代の大きなジャンル〈頌歌《オード》〉、〈悲劇〉、〈喜劇〉、〈叙事詩〉に値する立派な作品を生み出すまでになること。若い詩人たちのグループは、もはや神の意図に訴えたりはしないし、さまざまな言語に関する中世の神学を知らなくても平気だ。グループは「七星詩派《プレイヤード》」と名乗り、古典古代に直属すると主張する。このことは、教会人の権威を前に、非宗教性、独立自存の理念を極限まで推し進めるやり方である。それはまた、新しいフランス文学がイタリア文学との結び付きに負っていることについて、いっさい口を閉ざすやり方でもある。

一五四五年頃、ロンサール二十一歳、デュ・ベレー二十五歳で、二人はすでにしっかりとした教養を身につけていたが、古代語とイタリア文学を腰を据えて学ぶために、パリに出て学生となっていた。デュ・ベレーは、ラブレーを庇護した枢機卿の甥であるが、のちにローマで外交上の職務を負うことになる。彼は生来、ペトラルカの詩とベンボ枢機卿――ラテン語よりもイタリア語を愛好させるよう意図した『俗語の散文』の著者――のようなイタリアの人文主義者の詩に親しんできた。ロンサールは、十一歳で名門ナヴァール学院の生徒であり、十二歳で小姓として王侯に仕えていた。スコットランド王妃となったマドレーヌ・ド・フランスに従ってスコットランドまで行き、イングランド、フランドルを経て、帰国した。十六歳のとき、従兄で外交官のラザール・ド・バイフのもとで、三か月間、ドイツに滞在した。デュ・ベレー、ロンサール、バイフは、彼らの町「小さなリレ」や「ヴァンドモワ」の周辺に視野の限られた精神の持ち主ではなかった。彼らが抒情的な作品を作るとき、また〈ソネ〉形式を高めるとき（フランス語〈ソネ〉sonnet は、一五三九年にイタリア語の〈ソンネット〉sonneto から来たものだが、このイタリア語自体は、十二世紀のフランス語〈ソネ〉sonnet（小唄）を借りていて、これがまたずっと古い〈ソン〉son（詩）に由来する）、彼らは言語連合体をその内部で力強く実践しているのである。

「幸いなるかな、ユリシーズのように、さてはまた、
金羊毛を獲得したあの男のように、みごとな旅をした者は、
そのあとで、経験と分別をたっぷり具え帰郷して、
余生を、肉親たちのなかで過ごせる者は！［……］」（入沢康夫訳）

《Heureux qui, comme Ulysse, a fait un beau voyage, / Ou comme cestui-là qui conquit la toison,

/Et puis est retourné, plein d'usage et raison, / Vivre entre ses parents le reste de son âge! [...]》

デュ・ベレーはこのフランス語のソネを書く前に、ローマで同じ主題についてラテン語による哀歌を作り上げていた（この詩は「下書き」とされてきたが、それは国民文学を、人を欺く優越性のなかに押し込めようとする最近まであったイデオロギーによるものである）。そしてまた、彼は、ウェルギリウス風の技巧による言い回し・文彩・リズムを復活させていた。

「幸イナルカナ！　アマタノ民ノ風習ト町々ヲ見テ、
オノガ故郷デ年老イルコトガデキタ者ハ［……］
果シテ何時ノコトカ？　ヨク知ッテイル町々ノ煙立ツ屋根ト
ワガ王国ノワズカバカリノ土地トヲ見ルヨウニナルノハ？［……］」
《Felix qui mores multorum vidit et urbes, /Sedibus et potuit consenuisse suis [...] /Quando erit ut notae fumantia culmina villae /Et videam regni jugera pauca mei? [...]》

ロンサールはその『ベルリの泉への頌歌《オード》』を斬新な文学的フランス語で書くために、ホラティウスの『頌歌《オード》』（Ⅲ、一三）をラテン語原文から翻訳した（「おおバンドゥジィの泉よ、水晶よりもきらきら光り」）。彼は激しい恋心をソネのなかで列挙形式（ギリシア・ラテンの修辞法の最も練り上げられた文彩のひとつ）で爆発させているが、これはアルテミシオ・ベヴィラックアのソネットに対抗するものである。

「空、大気、風、見はるかす野末、山なみ、
群れ立つ小山、緑濃い森、
うねる岸、波打つ泉、
疎林、そしておまへ、みどりのしげみよ、

額をややあらはに見せた苔の岩屋、
牧、蕾、花、つゆにぬれた草、
葡萄の丘、金色の麥畑、
ガチーヌ、ロワール、そしておまへ、悲しそうな私の詩よ、

いらいらと、気がかりに、私は發つが、
近くにゐても遠くにゐても心ときめくあの美しい眼に
さらばが言へなかった私のために、

ねがはくは、空よ、大気よ、風よ、山よ、野よ、
林よ、森よ、岸邊よ、泉よ、
岩屋よ、牧よ、花よ、別れの言葉を言ってくれ」（『恋愛集』、一五五二年、井上究一郎訳、一部改訳）。

そして最後に、二十世紀の人間にとって見逃せないことは、十六世紀の詩の再生は音楽の再生と切り離せなかったということである。二つの芸術は変わることなくつねに結び付けられてきた。しかし、十五世紀には多声による技法が、フランデレン地方（若きロンサールが滞在した）のさまざまな中心となる地域で活発な展開を見る。十六世紀になると、独創的な楽派がイタリアで形成され、やがてヨーロッパを支配していくことになる。パレストリーナは、一五二五年に生まれ、七星詩派《プレイヤード》と同時代である。このころの音楽は、宗教的・世俗的題材を作品化するモテットとマドリガルが、とりわけ創意に富んでいる。クレマン・ジャヌカンとロンサールは『美しき緑なすサンザシ』を協力して作り上げている。作品はいくつかの声——この語がもつすべての意味において——から作り上げられている。

III　良心の声たち（十七世紀）

十六世紀末の一五八〇年に、一冊の書物がボルドーで印刷されるが、そのタイトルは、近代の本質をなす文学ジャンルを切り開くものである。「国王騎士団のシュヴァリエ・王室常侍のジャンティヨム、モンテーニュの領主ミシェル殿の」『エセー』にほかならない。それは、出自にも、たずさわる公務にも、文学的才能にも恵まれた四十七歳の男の作品であった。すると、直ちに次のような疑問が浮かんだ。〈エセー〉なる語（ラテン語の〈exagium〉（計量、検査）に由来し、十二世紀にフランス語に登録される）は、ここでは、ラテン語の〈conatus〉（控エ目ナ試ミ）の意味にとるべきなのか、それともラテン語の〈gustus〉（試食・知識ノ光ニ照ラシテ行ナワレタ実験）の意味にとるべきなのであろうか、と。だが作品は、最も根源的な概念に対応しながらも、控え目な試みといった趣を含んでいる。それというのも、モンテーニュは、自分だけの思考の歩みを伝えているからだ。この思考の歩みは、ついには余すところのないものとなる。「さまざまな書物との交流」のおかげで。言い換えれば、ラテンの詩人たち、古代の歴史家・哲学者たち（ラテン語訳で。モンテーニュはプルタルコスの『対比列伝』を、一五五九年に訳したアミヨの恩恵を受けていると言っている）、および何人かのフランス・イタリアの「現今の有能な人たち」（フランスの年代記作者たち、エラスムス、ユストゥス・リプシウス、マキャヴェッリ）に親炙《しんしゃ》することのおかげで。この際、モンテーニュの作品のうちで引用の素材となっていない数多くのマイナーなものは考慮に入れない（当時よく読まれた集成本のなかで、一五六五年に仏訳されたスペイン人グェバラの『道徳的平俗書簡集』が彼の手元にあったことは確かだろうが）。さらに、彼の不断の研鑽は、書物の世界のなかに閉じこもるためではない。彼の生のひとつひとつの出来事を照らし出すためなのである。その出来事が、彼の城館の中庭にせり出した書斎のなかで起こったことであれ、ボルドー市庁舎におけることであれ、ヨーロッパのいろいろな街道上のことであれ、だ。

『エセー』の諸章は——原文は一五八八年のパリ版のために著しく加筆が施され、一五九五年の死後版においても増補されている——、書くことによりあらゆるたぐいの比較照合を蒙《こうむ》ることで、次から次へと意識化することを促していく。こうした大胆な試みの決定的瞬間は、モンテーニュが三十三歳で死んだ友人ラ・ボエシの草稿を出版したときの「序文」において想起される。

「あなたに頼みたい、と死の床で友は言った、わたしの書斎とわたしの書物の継承者となることを。あなたに進呈するこれらは、ささやかではあるが心のこもった贈りものであり、学芸を愛するあなたにふさわしいものである。このことはあなたにとって mnêmosunon tui sodalis（共ニ研鑽シタ伴侶ノ良キ思イ出〔文中のラテン語に添えられたギリシア語はラテン文字に転写した〕）となるだろう」。

話された言葉は飛び去り、モンテーニュは彼の本を書いた。『エセー』は数世紀にわたって、ヨーロッパの教養人の宗教から独立した座右の書となる。亀鑑となる書物、人文主義者たちにとって欠くことのできない教えを含む書物となるのである。モンテーニュが以下のような言葉を創り出すとき、フランス文学はひとつの普遍的な位置を再び見出すのである。

「私は溶けて、私から逃れ出ていく」（Ⅲ、13）
「私が書物を作ったよりも、書物が私を作ったのである」（Ⅱ、18）
「それは彼であったから、それは私であったから」（Ⅰ、28）
「侵略はすべての人に関係があるが、防御はそうではなく、金持だけにかかわる」（Ⅱ、15）
「私は何を知ろうか？」（Ⅱ、12）

フランス文学は、この普遍的な位置をもはや神聖な言語の地位に負ってはいない。右の「私は《ジュ》」、「私《モワ》」――これらがフランス語で表現しているのは、そのなかに人間の条件を欠けるところのない形態で担う主体なのである。

モンテーニュの世代の次の世代では、良心の問題は演劇の舞台上で取り扱われるようになっていく。それというのも、十七世紀のはじめに、フランスの若手作家たちは、スペインの国家語の名を高めつつあった〈悲喜劇〉の創作を自分のものにしていくであろうから。

ピエール・コルネイユは、河川森林監督府の上級官吏の息子として、一六〇六年にルーアンで生まれた。ルーアンのイエズス会の学院ですぐれた教育を受ける（文法と修辞法のすべての知の段階はもっぱらラテン語で授けられるが、学校教育に準じた諸活動、社交界を見習ったゲームとともに、演劇と近代の諸言語が付け加わっている）。ついで法律を学び、弁護士の職を買い、長くこの地位にとどまるが、あまり弁論はしていない。二十三歳のとき、パリで喜劇を上演、成功を収め、引きつづき五年の間に五作を発表。すべてこれらの喜劇は、牧人劇・笑劇を過去のものとして斥け、社交界人士の会話を盛り込んでいた（『ロワイアル広場』）。これこそ、一六〇〇年頃にスペイン演劇が、フランス演劇には足元にも及ばないくらいのびのびと、さまざまな思いがけない進展を織り込んで、町民と宮廷人の家庭生活をテーマに作り上げていたものにほかならない。コルネイユは、その喜劇に明快な組立てを、とりわけ言語の厳正さを与えるが、彼の「悲喜劇」、『ル・シッド』は、天才の華々しさとともに、このことの例証となるだろう。

国王ルイ十三世は、マリー・ド・メディシスの息子で、スペイン王女アンヌ・ドートリッシュと結婚していた。宮廷のある一貴族が、コルネイユの関心をギリェム・デ・カストロの劇『シードの青年時代』（一六一八年）に向けさせていたのだった。『ル・シッド』は一六三七年にパリで初演される。すると、たちまち「ル・シッドのように立派な」という文句が流行する。コルネイユは一一年後に、次のように書いて、ヨーロッパで比較文学批評の先鞭をつける。

『ル・シッド』緒言」。

コルネイユはのっけから、G・デ・カストロがテーマを見つけた年代記のスペイン語の原文を引用している。その年代記はロドリーグにシメーヌと結婚する義務を負わせる。カストロは義務と愛情との間に対立を引き入れる。

コルネイユにおいては、義務とは愛情によって受け入れられるリスクである。

「それゆえ私は読者に、彼女〔シメーヌ〕が生涯名声のうちにすごした証拠書類をここに提出する次第である。私は、彼女にフランス語を話させたやり方を正当化しようとする意図はもっていない。時が私に幸いして、自ずからそうなったのだし、それに、こんにち舞台で使われているあらゆる言語に、演劇が盛んに見られるあらゆる国々で翻訳されたこと、つまりイタリア語、フラマン語、英語に翻訳されたことは充分に輝かしい弁護である。〔……〕彼〔アリストテレス〕は悲劇がどのような情念を惹き起こさねばならないかを示してくれた。〔……〕もし『ル・シッド』がこの哲学者から受け継がれたあの偉大で至高の格率に違反しているなら、たしかに誰よりもこの私がまっさきにそれに断罪を下すであろう。〔……〕私の大勢の友人たちが、このスペインの作者に私が借りたものをすべて公衆に説明することを望んだので、〔……〕私がそこから翻訳したものはすべて、別の字体〔イタリック体〕で印刷をし、頭に数字を付しておく。この数字から同じページの下にあるスペイン語の詩句が参照できるだろう。私は『ポンペイウスの死』のなかでもルカヌスの詩に対して同じやり方をとるつもりである〔……〕」。

十七世紀のフランス演劇は、フランス文芸がスペインと結びついて生まれたのだが、何よりもまず、古代がその起源であることを標榜する。これはちょうど、前の世紀の抒情詩が、その宣言のなかでイタリアとの結びつきをもっと徹底して消し去ってしまったのと同様である。同じく、コルネイユのあとでも、また彼とともにでも、モリエールとラシーヌ、アカデミー・フランセーズとボワローは（ラ・フォンテーヌでさえも。彼が仕事を進めていたのは「マイナーな」ジャンルの次元であったのだが、これについては後述）、古代作家たちと自分たちの創作とに直接のつながりがあると唱えたのである。

フランス語による伝達が普遍的であるとの主張、これが問題なのである。すでに見たとおり、こうした主張は中世末にさかのぼる。それは、明らかにフランスの著作家たちの修辞法の発達と同様に、語彙・統辞法の発達に結びつけられる。十七世紀初頭になると、この主張はヨーロッパの風習と心性との変容から強力な刺激を受ける。個人の魂、私の救済に気を遣うこと、宗教的な合言葉から解放されようと努める倫理、新たな政治的・社会的な諸問題、こうしたことから、「良心の問題」（cas de conscience）がいま、ここにクローズアップされてくる。十七～八世紀の「フランス古典主義」は、理性、言語、芸術の結合を唱える精神形態を示し、この問題を舞台にのぼらせることにより名を高めるだろう。

いつの時代にも、法の制定にはその法の解釈が伴った。したがって、法の関与しなければならない具体的な〈事例〉（cas）の提示が伴った。個々の事例を説明するに際しては、当然ながら、公用言語と俗用言語とが結びつく。

十三世紀には、用語集のたぐいである〈聴罪師のための手引書〉は、〈casus〉を最重要語の周辺に分類している。〈cas〉という語は、この時代には法律のフランス語に登録されているのだ。十六世紀になると、良心の問題に関する課程は、将来聖職者となるものには免除される。一六〇〇年に、イエズス会士アゾールは、ラテン語による倫理神学の最初の提要『道徳基本法』を作成する。しかし、同じ頃（一五八八年）、アヴィラのテレジア（イエズスのテレジア）は、スペイン語で、告解の書式集を基にした『自叙伝』を書いて近代自伝文学の先駆となっている。

道徳のさまざまな微妙な問題はパリの貴族のなかで展開されていくが、そこにおいて問題は堅固な議論――しっかりとした学問と社交界での経験の成果――に育まれる。統辞法と語彙をめぐる諸問題、上品な言葉遣いと低俗な言葉遣いとの間に引かれるべき区別は、会話のなかで、政治的な問題としての重要性を、そしてしばしばそれ以上の重要性をおびることもある。論理的であることへの要請と、精密さに対する配慮、語の品位を尊ぶ気持ち、これらがエクリチュールの問題を時代の最前列に位置づける。マレルブ、ついでヴォージュラが言語を練り上げるが、この言語はこんにちすら読めるのに対して、これより前のフランス語のテキストに対しては、どれも翻訳と注解とが必要である。

こうした「宮廷と町の」フランス語が、舞台へあがる。ジャン＝バティスト・ポクラン（一六二二～一六七三年）は、コルネイユの十六歳下、パリの富裕な商人の息子に生まれ、イエズス会の教育を受けて、『ル・シッド』発表の年（一六三七年）には弁護士になる準備をしていた。だが、彼は演劇の道を選ぶと、モリエールとして、旅回りの（主にラングドック地方とルシヨン地方の）一座の座長、フランス語での〈喜劇〉の作者、ついにはルイ十四世の宮廷劇場の支配人となる。ジャン・ラシーヌ（一六三九～一六九九年）は『ル・シッド』が発表された二年後に生まれ、ギリシア語の確かな知識を彼に授けたジャンセニストによる教育ゆえに、イエズス会からははっきりと一線を画して成長し、フランス悲劇の名を高める。これは、彼とまったく同時代のルイ十四世がヴェルサイユで統治をしている間のことである。

モリエールの『ドン・ジュアン』（一六六五年）は、ラシーヌの『アンドロマック』（一六六七年）に、二年先立つ。クルティウスの言葉を借りるなら、フランス古典派に特徴的な「フランス精神に固有の合理主義」のエクリチュールを、両作品に見てとることができるだろう。

『ドン・ジュアン』最終場：

ドン・ジュアン　神がおれに訓戒を与えるのだったら、もっとはっきりしゃべるがいい、どうしてもおれにわからせようというのなら。

亡霊（ヴェールをかぶった女の姿で）　ドン・ジュアンが神のお慈悲にすがろうには、この一瞬をのがすまいぞ、いまにして悔悟せずんば、破滅たちどころにいたらん。

スガナレル　お聞きですか、旦那さま？

ドン・ジュアン　だれだ、生意気な口をきくのは？　はて、あの声にはどうやら聞き覚えがあるようだて。

スガナレル　ああ、旦那さま、あれは亡霊でございます、足どりでわかるではございませんか。

ドン・ジュアン　亡霊か、妖怪か、悪魔か、正体を見届けてつかわそう。（亡霊、相を変じ、鎌を手にした「時」の姿となる）

スガナレル　おおっ！　旦那さま、あの顔の変わるさまがおわかりになりませんか？

ドン・ジュアン　なに、なに、このおれが恐れたりするものか、現身《うつしみ》か亡霊か、どれこの剣で試してやろう。（ドン・ジュアンが斬ろうとする間に、亡霊飛び去る）

スガナレル　もし、旦那さま、これほどの証拠を見せられたうえは、もう降参なさったらいかがです、一刻も早く心をお入れかえなさいまし。

ドン・ジュアン　いや、いや、たとえなにが起ころうと、後悔なんかするものか。さあ、おれについて来い。

像　待て、ドン・ジュアン、貴殿は昨日、拙宅へ食事に来ると誓われたな。

ドン・ジュアン　さよう、どちらへまいったらよろしいか？

像　手をかしていただきたい。

ドン・ジュアン　さあ。

像　ドン・ジュアン、罪業《ざいごう》が凝っては不吉な死を招く、天の恵みを拒絶すれば、頭上に雷が落ちるぞ。

ドン・ジュアン　ああ！　なんという気持だ！　眼に見えぬ火がおれを焼く。もうたまらぬ、からだじゅうが燃えさかる烈火のようだ。ああ！（大きな物音と大きな閃光とともに、雷がドン・ジュアンの上へ落ちる。大地裂け、ドン・ジュアンを呑む。落ちた場所から大きな炎が吹き出す。）

スガナレル　おれの給料！　おれの給料！　さて、あの人が死んでみなさんご満足。瀆《けが》された神さま、犯された掟、だまされた娘　侮辱された一家、恥をかかされた両親《ふたおや》、間違いをしでかした女房、面目丸つぶれのご亭主、だれも彼もがご満悦。かわいそうなはおれひとり。おれの給料！　おれの給

料！　おれの給料！

（鈴木力衛訳）

『アンドロマック』第Ⅰ幕　第四場（アンドロマックの子が人質に取られる）‥

「我が子の囚われております場所へ、参るところでございました。
わたくしに残されました、ヘクトールとトロイアのただ一つの形見、
日に一度だけは、あの子に会ってもよいと、お許しを賜っておりますもの。
しばしの間、陛下、あの子と共々に、涙を流して参ろうと。
今日はまだ、この胸に、抱きしめてはおりませんもの！」

（二六〇〜二六五行、渡辺守章訳）

Ⅳ　パスカル（十七世紀）

パスカルは別格としなければならない。なぜなら、彼を文学のジャンルの枠内に区分すること、いや社会的な活動の枠内にさえおさめることはできないからだ。パスカルは、ものを書いたそのたびごとに、エクリチュールのもつ象徴的機能をあますところなく行使した。〈表徴を変えることにより、現実の事

物をある存在様式から別の存在様式へと移行させた〉ということになる。十二歳で〈その時代の最も偉大な学者・哲学者たちがよく訪れる家に生まれたのだが〉、偉大なデザルグの幾何学の証明をマスターしてしまうと、ユークリッドのいくつかの命題を自分なりのやり方でひそかに作成するが、それがとても個性的なので、人びとは、彼がそれらの命題を再発見したのだと思うだろう。子どものころから、はやばやと、人文・自然科学の分野でいちばん伝統的な、またいちばん新しいテーマに通じてしまったので、学院へ行く必要もない。十六歳で『円錐曲線試論』を発表して、学界で権威を認められる。理論を技術に移すこともできる。十九歳のとき、（国王の収税監督官の父親を助けるために）はじめての計算機を発明している。公共交通機関の問題に関心を寄せる。ついで、パリの貴族界に登場するや、神の恩寵と人間の自由をめぐる論争の渦中で、ルポルタージュ文学、意見表明の文学を創造する。神学の、最も高度で、ラテン語の独壇場とするテーマについて、『目下ソルボンヌで論議されている事柄について、ある田舎の住人に、友達の一人が書き送った手紙』と題する八ページから一二ページの匿名の小冊子群を書いたのである。そこから転じて、科学的な関心は持ちつづけながらも（一九四六年に物理学の圧力単位に「パスカル」という名称がつけられたが、これは気圧に関するパスカルの業績のためである）、無信仰な近代人の想像を刺激してキリスト教の信仰について確信をいだかせるには、どんなタイプの言説を使えばいいかを探し求めるようになる。最後の逆説、つまり二つの世代にまたがりながらどちらにも属さず（早熟と夭折とのために、一六二三～一六六二年）、紐で束ねた形で、未完のまま遺した偉大な作品、それが、のちの『パンセ』となるわけだが、これは、読者が自身の責任で可能性を切り開いていくところにその意義がある、そんな書物なのである。

パスカルの『パンセ』、この作品は、言語と修辞法との秘めたいっさいの表現の可能性をこの上なく意のままに使いながら、しかし国民的な伝達の彼方に置かれた目的を目指して、この可能性を利用しているわけだが、フランス文学の歴史に属すると言えるだろうか。純粋にそして率直に書くことという行為にできる限り正確に接近した人間は、個人の署名というものをもつだろうか。最も断定的で、最も明晰なパスカルの一節は、エクリチュールの自由を最も力強く指し示している一節でもあるのだ。

「あらゆる物体、すなわち大空、星、大地、その王国などは、精神の最も小さいものにもおよばない。なぜなら、精神はそれらのすべてと自身とを認識するが、物体は何も認識しないからである。

「あらゆる物体の総和も、あらゆる精神の総和も、またそれらのすべての生み出したものも、愛の最も小さい動作にもおよばない。これは無限に高い秩序に属するものである。

「あらゆる物体の総和からも、小さな思考を発生させることはできない。それは不可能であり、ほかの秩序に属するものである。あらゆる物体と精神とから、人は真の愛の一動作をも引き出すことはできない。それは不可能であり、ほかの、超自然的な秩序に属するものである」（『パンセ』、ブランシュヴィック版、七九三頁、由木康訳）。

V　女性の文学（十七～十八世紀）

中世の大学は、男性によって支配される世界であった。だが大学は、教会に似せて、自らを〈アルマ・マーテル〉（慈母）と称していた。さらに、フランスを聖母マリアの庇護のもとに置いていたし、公然と女性の魂の問題を議論していた（イヴはアダムの肋骨から生まれながら、神の前で一人責任を負うのか？）。エロイーズは、その修道院を、アベラールの修道院の真向いに持っていた。十六世紀の人文主義になると、こうした習俗ははっきりと変化している。すなわち、女性は責任ある地位に就く道をいっさい閉ざされるのだ。

「『女性にとっての私生活』という表現は矛盾しているように見えるかもしれない。それほどこれらの社会の女性というものは、家庭に閉じ込められていると思われるのだ。確実にしかも一般に、女性は公的役割と外的責任（政治、行政、自治体、同業組合などの）から排除されている」（『私生活の歴史』、パリ、スイユ社、一九八六年、第三巻、四一七頁）。

フランスの人文主義は、〈homme《オム》〉という語のもとに、人間と男性を混同する曖昧な語彙をそのままにしている。フランス文学のイデオロギーは（こんにちに至るまで）、よその国々の文学と同じような役割を、女性に割り当てている（「女性読者」とか「女流作家」のたぐい。指示するのにぴったりした語がないのだ）。女性の存在は無視されるか、せいぜい、「借用（語）」の項目でその活動（「霊感を与える女性」、「女の物まね師」）に言及されるくらいなのである。

しかしながら、ひとつの社会の下層階級というものは、何もしないでじっとしているわけではない。事の成り行き上やむをえず、創作者の役割を奪われ、秀才たちからその大望をとことん愚弄されながら（「女学者」「女流文士」）、女性たちはエクリチュールの歴史のなかで役割を果たしてきた。フランスの「大世紀」、すなわち十七世紀、十八世紀において、女性たちの文学的教養は無視できないのである。

相手方の間での黙認、暗黙の了解は当然あったのだが、このことの結果として、マイナーな文学ジャンル（書簡体文学、散文の小品）が、女性にひときわすぐれた才能を示す手段を提供したように見えた。セヴィニェ夫人は、学院へ行くことはできなかったが、彼女の幼時の城館で、いとこのビュシィ＝ラビュタン（長じて『ゴール人の恋愛史』『回想録』『書簡集』の作者となる）とともに家庭教師の授業を受けていたのであり、この方面の必須文献、『セヴィニェ夫人の手紙』を書いている。ラ・ファイエット夫人は、スグレ（当時の声望のある著作家、夫人は初期作品を彼の名前で公刊している）とラ・ロシュフコーの友人であり、心理小説の典型とされる『クレーヴの奥方』（一六七八年）を書く。二、三世紀がたてば、ルイ十四世の王弟妃パラチナ侯女の『手紙』や、ルイ十五世治下にサロンを開いていたジュリ・ド・レスピナスの『手紙』が後世に残ったことに、人びとは思い至るだろう。

しかし、そうなるためには、マイナーなジャンルそれ自体が、偉大なジャンルの好敵手となって競い合うことが必要であった。こんにちでは、『寓話』の作者ラ・フォンテーヌは〈悲劇〉の作者と肩を並べるまでに至ったのであり、ヴォルテールは彼の『短編小説』と『書簡』とで知られているのであって、その演劇によってではない。こうした転換の理由は、世の中の移り変わりのなかで起こる。古代世界、中世ヨーロッパで「私人《オム・プリヴェ》」（価値に欠けた《プリヴェ》）の領域に入れられていたものが、すべて、近代世界では新しい生活様式、〈内輪の楽しみ〉のかたちをとって現われてきた。女性の役割は、一家の主婦として、住まい・家具・衣服・共生などの諸変化のなかで、ただ重要と言うのでは足りない決定的なものになる。ではあるけれども、エクリチュールのさまざまな革新は、自律性をもつのであって、一般的な現象のなかにも風俗の細部のなかにも、埋もれさせてはならないのである。

教育を受けた貴族たち（読み書きのできない大衆を超えて、大作家たちからは離れて育てられた）のなかには、創意に富む精神の持ち主もおり、修道院のエクリチュールとサロンの談話――閉じた空間での自由な二つの実践――を作った。彼女らの想像力は、とうとう、お定まりの修辞法の常套句を刷新したのである。

十六世紀以後のフランス文学の貴婦人たちは、ラテン語からの遺産ではなく、イタリア語とスペイン語とを受け継いだ。

十三世紀と十四世紀のダンテのベアトリーチェ、ペトラルカのラウラ、ボッティチェッリの時代のフィレンツェの婦人たち、十六世紀と十七世紀のエステ家の王女・王妃たちは、親しく芸術と文芸の動向に生命を吹き込む。彼女たちは、建築と庭園によせる好みを近代語で血肉化するのだ。

十七世紀のヨーロッパでは、大領主、大商人、大芸術家は、自分たちの宝物・秘密・文書を家具（「飾り戸棚」、「書斎机」）のなかに、ついで天蓋と扉つきの寝台に取りつけられていることの多い小部屋（「閨房」、「アルコーヴ」）のなかに、鍵をかけてしまっておく。夫人たちは、こうしてしまっておかれる宝物の欠くことのできない一部である（『青髯』の妻たちのように）。そこで、イタリア人を母とするカトリーヌ・ド・ヴィヴォンヌ、ランブイエ侯爵夫人（一五八八～一六六五年）は、その権威にさからう才能を発揮していくのである。夫人は、ルーヴル宮の近くに壮麗なランブイエ館を建てさせると、そこに有名な「青の間」、彼女の「閨房」のくつろぎをこしらえあげる。そうして彼女は、当時のパリの思想界で知的かつ影響力があると見なされる者すべてをこの部屋に通し、引きとどめ、話をさせる。なにひとつ公表することなく、夫人は、恋愛道徳論が活発に論じられるように衒《てら》いなく仕向け、新しいタイプの万能人（「正雅の士」）の登場を促す。ルイ十三世、ルイ十四世（ヴェルサイユのサークルでの）、ルイ十五世（かのポンパドゥール夫人が当時「フランス」のサロンを仕切っている）、ルイ十六世の頃の文学はすべて、サロンのなかで生まれている。これら女性のサロンがその創造性を失ったのは、十八世紀末からアングロ＝サクソン系男性たちのクラブがこれと張り合うようになってからのことである。

独立不羈の芸術家、ラ・フォンテーヌは絶えず女性たちの視線から創作をした。

ラ・サブリエール夫人への話：（『寓話』巻の九の末尾〔今野一雄訳〕）

「イリスよ、わたしはあなたを讃えたい。それはあまりにも容易なことにすぎない」〔ラ・フォンテーヌはラ・サブリエール夫人に、虹によって象徴される、神々の使者のギリシア名を与える〕。

しかしあなたはいくたびとなくわたしたちの讃辞をことわってきた。〔……〕

あなたのところでは、ほかの話がそれにかわるものになっている。

話、楽しい語り合い、そこでは偶然が多くのさまざまな話題を提供し、〔……〕

たあいないこと、学問のこと、

架空のこと、なんでもないこと、すべてよし。話には

あらゆることが必要、とわたしは言いたい。

それは花の女神《フローラ》がその財宝をひろげて見せる花壇のようなもの。

そこにある色とりどりの花のうえにミツバチは羽根を休めて、

あらゆるものから蜜をつくる。

修道院生活がサロンの生活に並んで行なわれる。男子が学院で教育される間に、女子は修道院で教育を受け、ついで夫の家へ移る。彼女たちは子どもの頃の世界とさまざまなつながりをもっていて、そこにまた閉じ込められることもあれば、自ら選んでそこに戻っていくこともある。

バルブ・アヴリヨは、パリのブルジョワの大家に生まれ（一五六六年）、国務評議官ピエール・アカリと十六歳で結婚すると、パリにサロンを開き、そこにフランソワ・ド・サル（サレジオのフランシスコ）、ブノワ・ド・カンフィルド、ミシェル・ド・マリヤックらを迎え入れる。ベリュル枢機卿を助けて、アビラのテレジアによって改革されたカルメル会修道女たちをフランスに招じ入れる。夫の死後、彼女自身、四十七歳でカルメル会に入り、五年後にそこで死ぬ。ラ・サブリエール夫人は修道院で生涯を終える（愛情に裏切られ、信仰心に満ちあふれて、とはセヴィニエ夫人の言である）。ラ・ファイエット夫人も同様である（彼女は最後まで神の恵みに授からないことを嘆いている）。行政官、大学人、宮廷人を輩出した偉大なアルノー家からは、ポール・ロワイヤル女子大修道院長のアンジェリク修道女、同じくアニエス修道女が出る。ポール・ロワイヤルにはジャクリーヌ・パスカルが、学芸の神童と謳われたあとで入る（一六五二年）。また、ここでジャン・ラシーヌが教育を受けるのである。

これらの霊的な場では、信心の書（告白録、黙想録）が、熱心に、ものされていた。アビラのテレジアはこれらをスペイン語で作成していたのだが、スペイン語とフランス語で、わけても幼な子イエスへの信心に向けたものが広く流布していた。カルメル会の神秘主義信仰の衝動を受けて、受肉のテーマ

（神が生まれたばかりの子の悲惨を引き受けて、幼な子において恩寵を再創造する）が種々変形されてあふれかえり、サロンで話され、流行となる。奔放な想像力に向けて開放されるのである。同時に、このテーマは王を取り巻く人びとの心を動かす。ルイ十四世の治下に、子どもの心を持った神秘主義者の女性、ギュイヨン夫人は、王位継承者の家庭教師フェヌロンに霊感を与える。「子どもの文体」の信奉者フェヌロンは、彼のほかのどの作品よりも『テレマック』の作者として後世に残ることになる。

十八世紀には、女子修道院はもはや文学創造の源ではなくなる。だが、子どもの精神を身にまとった物語は、フランス文学の一ジャンルになりおおせている。シャルル・ペローは一六九六年に『眠れる森の美女』を発表する。ドノワ夫人は、「リベルティーヌ」（自由思想家）としての名声と同様に文学的にもヨーロッパで名高いが、ペローとぴったり重なる時期に『妖精物語』（または『はやりの妖精たち』）を書く。いろいろな作家たちの物語を集める『妖精たちの小部屋』は、一七八五年に四十五巻に達するだろう。

現代の大学人であるイヴァン・ロスクトフは、この問題にこう結論を下している。

「聖職者により維持されてきた福音書の単純さは、自らと競い合う、宗教的でなく、女性的なひとつの単純さがその懐から逃げ去っていくのを目にする。物語の単純さである。この点について誤解をしないようにしよう。ヴィリエ神父が物語に一冊の書を捧げるのも、フェヌロンとショワジ神父が物語に教訓をこめようとするのも、彼らが物語に絵空事ばかりを見ているわけではないのだ。［……］子どもたち、小鳥たち、子羊たち、蜜蜂たち、小さな花たち、ドノワ夫人はこれらを歌う。聖フランソワ・ド・サルあるいはギュイヨン夫人と同じように。たったひとつの細かな点が両者を分かつ。物語を語る夫人は妖精たちに出会った路上に信仰心を置き忘れたのだ。よく考えるならば、妖精物語の驚異は「フランス風」コントの専売特許というわけではなく、すでにロマンのなかに存在するものなのだ。このジャンルの正真正銘の魅力、独特の引きつける力とは、つまるところ、子どものころにしかない単純さの雰囲気なのである」（『聖女と妖精──ルイ十四世時代末期の幼な子イエスへの信仰とおとぎ話の様式』、ジュネーヴ＝パリ、ドロ書店、一九八七年）。

ロスクトフに付言すべきことといえば、文学における「単純さの雰囲気」とは、〈単純素朴なフランス語〉を使ったある種の文体にほかならないということである。言い換えれば、初級文法の練習にいちばん近い書き言葉をもとにして、文学を現実に融けこませるために必要な型破りの空想味を加え、翻訳経験から来るものを生かして練りあげたひとつのエクリチュールだということである。文法の方面からも、『金色の髪をした美女』の一ページは、古典の言語連合体の内懐に生まれた、自然味を帯びた傑作である悲劇、あるいは喜劇の諸ページと並べてみても、こんにち少しも遜色は見られない。

アヴナンは［……］悲しみに打ちのめされて、眠りに落ちた。〔彼の子犬の〕カブリオルは、夜が明けたことを知り、やたらはねまわって、アヴナンを起こすと、こう言った。「ご主人さま、服を着てくださいな。おもてに行きましょうよ」。アヴナンはとても外へ出たかった。起き上がると服を着て、庭へ降りる。庭からゆっくりと川のほとりへ行く。帽子を目深にかぶり、腕組みをしてあたりを歩いていたが、思うことといえば、出発のことばかり。すると突然、誰かが「アヴナン、アヴナン！」と呼ぶ声を耳にした。まわりを見ても、誰もいない。空耳かなと思った。そのまま歩き続けていると、また彼を呼ぶ声がする。「アヴナン、アヴナン！」「ぼくを呼ぶのは誰？」と彼は言った。カブリオルはとても小さくて、水の中をじっと見つめていたのだが、アヴナンに答えてこう言った。「私の見ているのが金の鯉でなければ、どうぞ私の言うことなど決して信じないでくださいな」。するとたちまち大きな鯉が現われて、アヴナンにこう言うのだった。「あなたさまはアリジエの原で私の命を助けてくださいました。もしもあなたさまがいらっしゃらなかったら、私はあそこにずっといたままでした。お約束したとおり、お礼をさせていただきます。どうぞ、アヴナンさま、ここにある金色の髪をした美女の指輪をお取りください」。アヴナンは身をかがめると、鯉おばさんの口のなかから指輪を取った。そうして何度も何度もお礼を言うのだった。

（ドノワ夫人、『金色の髪をした美女』、――『妖精物語』一六九八年所収。女性とペローを含む数人の男性の多くの物語・作品を集めた『妖精たちの小部屋』一七八五～一七八九年、四十一巻中に再版。エリザベート・ルミールの選になる二巻本物語集『妖精たちの小部屋』、アルル、フィリップ・ピキエ出版社、一九八八年に再録）

Ⅵ　啓蒙のヨーロッパ（十八世紀）

ヨーロッパ文化は十八世紀になると、自らを〈啓蒙の時代〉（l'âge des Lumières）と称した。ちなみに英語で〈enlightenment〉、ドイツ語で〈Aufklärung〉、イタリア語で〈iluminismo〉、スペイン語で〈siglo de las luces〉、ポルトガル語で〈seculo das luzes〉である。〈啓蒙〉の〈時代〉あるいは〈世紀〉というのは、これがそのなかで生まれた〈文芸共和国〉(la république des lettres) と同様に、一般文化のなかに根をおろし、諸国語に分化したラテン語を、ヨーロッパの諸言語に翻訳し作り直したものなのである。

無知の闇に打ち勝つ知識の光というイメージは、各時代の底から、各宗教の底からやって来たものであった。それは、聖書の神聖な力を表現していたし、キリスト教のなかのどこにでも姿を見せていた。それはプロテスタントの初期の改革者たちに〈闇ノ後ニハ光ヲ〉(post tenebras lux) というモットーを提供していた。十八世紀ヨーロッパのエリートたちも、このイメージを取り上げたのだが、しかしそれは人間精神の歴史のなかにひとつの断絶を導き入れるためであった。これまでのものの見方によれば、知識の光は神の賜物であった。新しい信条、人間の進歩に責任を負うのは人間のみであるとするこの信条に従えば、人間の働きにより生み出される光こそが、無知を退けさせるものとなるだろう。かかる信条は、歴史的には、〈神＝人〉としてのキリスト信仰に由来するものだ。しかし、教会の伝統には根底から対立する。それは、〈エクリチュール〉の権力を、原理からして、通俗言語でもって俗人にゆだねることなのである。

通俗言語は、書かれたもの《エクリ》へ移行したとたん、国際的な言語になってしまった。さまざまな知識の伝達は、十六世紀から十八世紀には、言語をともにする知識人たちの間で行なわれていたが、彼らはみなラテン語の教育を受けており、フランス語、イタリア語、英語で文通をしていた。通俗言語によって、科学および哲学の重要な著作が刊行されると、古い神聖な言語にせよ、対抗する非宗教的な言語にせよ、それによって作り上げられていた思想の体制に対して、途方もない争点が形作られていった。

一六三二年に、ガリレオは、フィレンツェで『二大世界体系についての対話』を刊行していたが、これは近代物理学の誕生を印すものとされ、その運動理論により、ニュートン、アインシュタインに道を開くことになる。一六三七年に、デカルトはオランダのレイデンで『自分の理性を正しく導き、いろいろな学問で真理を探すための方法について述べる話』を、フランス語で出版していた。一六五六年〜一六五七年に、パスカルは、パリで（神の恩寵と救済の神学に関して）『目下ソルボンヌで論議されている事柄について、ある田舎の住人に、友達の一人が書き送った手紙』を公刊していた。さまざまな一般的な概念が十八世紀に近代語で展開される。ニュートン（一六四二〜一七二七年）は、ケンブリッジで学び、教えているが、公刊されている彼の著作は、あるいは英語であり（《哲学会報》誌所収の『光学』などの概論）、あるいはラテン語である（『自然哲学の数学的原理』、一六八七年）。また、十八世紀初頭にデュ・シャトレ夫人によりフランス語に訳されている（一七五六〜一七五九年、翻訳版刊行。一九六六年、復刻再版）。ライプニッツ（一六四六〜一七一六年）は、ラテン語（『極大、極小に関する新方法』）、ドイツ語（『理性を用いる術の有用性または論理学』、小品集所載）そしてフランス語（『人間悟性新論』一七〇四年、『モナドロジー』一七一四年）で書く。この時代にはっきりとしていることは、ラテン語は教育上の重要な著作の公認言語であるのに対して、英語あるいはフランス語は科学的・哲学的発見のための言語であり、またドイツ語はそれらに匹敵する重要性を示してはいないということである。

英語とフランス語とは、数世紀来、まとまりをもった伝達言語であり、〈文芸共和国〉の内部にあってライヴァル同士であった。十八世紀に、天文学、物理学、数学の進展が神学の教養の権威を脅かし、形而上学の役割を限るようになると、フランス語は、哲学、道徳の領域において、ラテン語と競合するようになる。〈フランス語の普遍性〉なる問題はベルリンのアカデミーにより、一七八四年にコンクールにかけられる。フランス語の優越性はそのとき、これを認める人びとには、文法家たちがフランス語に付与する形而上的な特性（「論理性」、「明晰性」）に基づくと思われた。

他方では、英語で、技芸と学術の百科辞典であるチェンバーズの『サイクロペディア』が作成され、一七二八年に予約申込で売り出されている。一七四五年、フランスの一出版業者（ル・ブルトン）が一人のイギリス人（ジョン・ミルズ）と一人のドイツ人（ゼリウス）とにすすめられ、この辞典をフランス語に翻訳して出版する計画を表明する。ところがこの計画は、翻訳をはみでて、ディドロとダランベールにより面目を一新され、学術・技芸・工芸の解説つき辞典『百科全書』の企画となっていき、一七四五年に予約申込で売り出されるのである。〈真理〉の隠された宝庫――〈Thesaurus〉――を明らかにすることを目的とした古い著作においては、アルファベット順というのは単なる技術的な便宜でしかなかったのに対して、新しい『辞典』においてこの形式的な順序は、偏見、ドグマ、体系を無視する手段となる。ここに実現される書物は、大衆に向けて開かれている。その内容を通じて、さまざまな思想の歴史的展開に、さまざまな領域（科学、宗教、哲学）の区分に開かれたものであり、そして人間の生活において手工芸の大切さをはっきりと認識することに道を開くものである。

フランスの百科全書（一七四六～一七七二年）は、一六〇人以上の執筆者を有した。また、一七五一年の第一巻刊行時には予約申込者一〇〇〇人を、一七五七年には四二〇〇人を数えていた。これがとりわけ歓迎されたのは、ヨーロッパのさまざまな環境のなかでも、フランス語を使うエリートが優勢なところであり、宗教改革の精神が強く、商魂逞しく、また英語の支配的なところ（オランダ、イギリス、アメリカ）ではさほどではなかった。こんにち、百科全書を公然と引き合いにだすのは、「社会主義の」諸思想である。

　いろいろな革新的思想が書かれたもの《エクリ》をとおして血肉化する形態は、〈対話〉、〈コント〉などさまざまで、これらはギリシア＝ラテン起源のヨーロッパ文化が鍛え上げた文学ジャンルを作り直すものである。ガリレオの『対話』、デカルトの『方法叙説』、スウィフトの『レミュエル・ガリヴァーによる世界のいろいろな遠い国々への旅行記』などは、新しい人文主義を舞台へのぼせる。個性ある登場人物たち、写実的な挿話は、そのこんにちに通じる言語によって真実味を保証され、さまざまな教養からみずからを解放し、検閲を免れ、近代教養人のエクリチュールを創出している。

「……私のたどってきた道がどういうものなのかを、ここに述べる話のなかで見せ、私の人生を絵のように目のあたりそこに描き出せば、私も心が安らぐことでしょう。そうすれば、だれでもめいめいそれについて判断できるし、……／私は子どものころから文字（人文学）に養われてきました……私がいたのはヨーロッパ随一の有名校の一つでした……そればかりか教えてくれる学問では満足がいかなかったので、学問のうちでもいちばん珍しく、いちばん稀だと見なされているものを扱った本で、たまたま手に入れることのできたものにはみな目を通してしまっていました。……／そんなわけで、〈教師たち〉に頭のあがらない状態から抜け出せる年齢になるとすぐ、文字（人文学）の勉強をまったく放棄してしまいました。……

　そのころ私はドイツにいましたが、いまでもまだ終わっていない戦争がきっかけになってそこへ呼び寄せられていたのです。〈皇帝〉の戴冠式から軍隊へもどろうとするおりから、冬が始まり足留めされた宿舎では、どんな付き合いも私の気を散らすようなものは見あたらず、それにまたさいわい、どんな心配事も情念も私の心を乱すようなものはなかったので、終日ひとり炉部屋に閉じこもったまま、存分に思索をめぐらしたのです」(デカルト『方法叙説』、第一部、第二部、〔三宅徳嘉/小池健男訳〕)。

ヴォルテールは、三十一歳のときには、すでに作家として高名であったが、筆禍をこうむって二度バスチーユに投獄されて(一一か月間と五か月間)から、イギリスへ渡り、この地に四年間滞在する(一七二五〜一七二九年)。そのとき、イギリスの言語・制度・文学を学んでいる。ミルトンの詩、シェイクスピアの詩、当時の風刺書(『ガリヴァー旅行記』は一七二六年刊行)を見つける。ニュートンの業績と英国医学に心酔。ベーコン、ロック、シャフツベリー、コリンズに哲学を学ぶ。フランスに帰国すると、のちに〈ヴォルテール風〉と称される思想と文体とを創出する。『ルイ十四世の世紀』に着手するあいだ、ロンドンで、はじめは英語で、次にはフランス語で『哲学書簡』あるいは『イギリス便り』を刊行し、そして、ニュートンの訳者であるシャトレ夫人のシレーの館に身を落ち着ける。のちにはプロイセンのフリードリヒ二世のもとで暮らすようになる。最後はジュネーヴ近郊に自宅を建て、ここからヨーロッパの「文芸共和国」と書簡のやりとりをする。

同時期に、モンテスキューは評判の作家であったが(『ペルシア人の手紙』、一七二一年)、政治哲学に没頭、ヨーロッパ、とりわけイギリスに調査旅行をし(一七二八〜一七三一年)、『法の精神』(一七四八年)の著者となる。

ジャン゠ジャック・ルソーは、ジュネーヴに生まれて(一七一二年)、フランスで死んでいる(一七七八年)。「ジュネーヴ市民」で、フランス語の作家である彼は、ヨーロッパのさまざまな思想が交わるところにおいて文明の悪徳を告発する作品を創作する。また、自由と社会的平等という、新しい非宗教的な理想の諸原則を述べる能力のあることを示してみせる（『人間不平等起源論』一七五五年、『新エロイーズ』一七六一年、『社会契約論』および『エミール』一七六二年）。

　これら偉人たちの力のよってきたるゆえんは、エリートというものが、本来、国際的であった社会のなかに彼らが組み込まれていることにある。〈世界主義者《コスモポリット》〉という言葉は、十六世紀（一五六〇年）にフランス語で書き記されていたが、それは、言語連合体のなかで通俗言語が働く範囲を拡大させてきた人文主義者の世代による。〈コスモポリスム〉は一七三九年に出現するが、これを書いたのは、以後、自分たち全体の統一を各国語で実現していく新しい「世界市民たち」である。この言葉はフランス革命の激動のなかに消え去っていくだろうが、いまだにこの語に取って代わって、国際的な言語文化の結び付きを指す語はない。〈世界主義《コスモポリタニズム》〉なる語は、十九世紀にドイツ哲学から来るが、これがフランス語で意味するところは、ただナショナリズムを欠くということでしかないからだ。

　コスモポリスムの逆なのだ。なぜなら、十八世紀のヨーロッパの人間で教養のあるものであれば誰でも、たとえ教育を受けた人たちの仲間うちでそれほどの才能を発揮しなくても、ラテン語を手ほどきされることにより自分の国語に通暁し、そのほかの一、二の外国語に通じることができたからだ。ナポレオン・ボナパルトは、一七六九年にアジャクシオに生まれ、十歳にならずして、しかもコルシカ語を話していたのだが、オータンのコレージュへ入学を許され、ここで彼はラテン語とフランス語とを学ぶ。次に入ったブリエンヌとラ・フレシュのコレージュでは、ドイツ語とイタリア語とがカリキュラムに載っていた。一七五四年ヴェルサイユに生まれたルイ十六世は、ナポレオンほど早熟ではないにしても、同じラテン語＝フランス語での教育を受けている。彼は決して知的な人物であるとは見なされなかったし、また共和派の伝えるところでは、彼は狩猟と手仕事の錠前作りばかりを愛したとされている。だが実際には、彼は国務会議で、英語の手紙を受け取るや、直ちに訳したし、チュイルリー宮殿に拘留中には、英国王リチャード三世の名誉を弁護するために書かれたホレース・ウォルポールの小著『歴史の疑惑』あるいは『リチャード三世王の生涯と治世』を、自分の手で翻訳し、訂正したのである。

フランスでは、ヨーロッパの言語連合体は、それがもつ普遍主義的な面（フランス語はラテン語のモデルに付与された諸性質を継承する）によると同時に、貴族的な面（フランス語は俗用の「下品な言葉遣い」に触れることから、絶えず自らを「純化する」──とくに文法家とアカデミー・フランセーズとが「宮廷」と「町方」の「上品な」言語を管理することを公的使命としてからは）によって特徴づけられていた。宗教改革の国々では、言語の歴史が俗用の話し言葉、文字表記《エクリチユール》をフランスとはまったく別なふうに結びつけていた。そしてまた、言語の歴史が、歴代の王朝をそれらの選良たちと（フランスとはまったく別なふうに）結びつけていた。

しかし、自分たちの国語の将来に一〇〇〇年来かけてきた期待が、ヨーロッパの全知識人を突き動かし、権力が頭ごなしに押しつけるどんな種類の圧政にも反対するようにさせていた。こういう期待の気持ちに支えられて、民衆の間に「啓蒙の進歩」という思想が広まり、生まれによる厳しい差別、（さまざまな人びと、思想、金銭の）流通をさまたげる枷《かせ》、封建的な重税を、黙って受け入れなくなってきた。ヨーロッパに国民＝国家が起こって以来、（既成勢力への）反対の精神と進取の精神とは、国語に代弁者を見出していた。そして十八世紀末の諸国語のうちでも、フランス語は、普遍主義に向かう宗教色のない合理主義を代弁するものとして一歩先んじる位置を占めていた。その位置を勝ちえたのは、知的な光によって感化した点が大きく、経済的ないし軍事的な圧力によるものではない。

第三章　自由な伝達

I　交感《コミュニオン》と伝達《コミュニケーション》（一七八九年）

〈共通の（commun）〉（「われらの共通の救いにかけて」ストラスブールの王たちの〈誓約〉、八四二年）、〈交感・霊的交わり（communion）〉（キリスト教信者たちの。十二世紀の宗教詩、オックスフォードとケンブリッジの詩篇集）、〈伝達・交流・共同化（communication）〉（「政治的・宗教的制度」の意味で、シャルル五世治下にアリストテレスの翻訳者により作り出された用語、一三六九年）、〈自由な伝達（libre communication）〉（『人および市民の権利の宣言』第一一条、一七八九年）――これらの言葉は、ヨーロッパの言語連合体のたどった長い歴史の歩みをフランス語で印しづけるものである。

九〇〇年間、諸民族の書き言葉が確立されて以来、〈コミュニオン〉は宗教生活の一行為を示すものとなっている。信徒らは聖体拝領《コミュニオン》を受ける。あるいは土地の言葉で、あるいは王侯の言語で、あるいはまた、聖体に関わるときには教会のラテン語で。〈コミュニケーション〉のほうは、コミュニオンに接ぎ木されてできた語であり、学識者に固有の特権、言い換えれば、聖俗を問わず、人びとの知的な事柄なのである。一七八九年のフランス革命は、言語の面から特徴づけるとすれば、学識者の特権を撤廃し、コミュニケーションの合理性と非宗教性とを徹底したものと言えよう。それが企てたことは、コミュニオン、すなわち諸言語をともにすることの神秘的な身体経験を、コミュニケーションから生じる、平等をめざす新しい制度と新しい生活慣習の土台の上に作り直すことであった。

一七八九年、フランス国王により召集された三部会の代議員たちはみな、自分たちの「文芸共和国」における言語的教養を共有していた。そのうえ、第三身分の代議員の多数は法律家であった（五七八名の代議員中、弁護士二〇〇名）。彼らは、おたがいに示し合わせて、矛盾する立場を主張しかねないほどであった。数世紀来、ギリシア－ラテンの作家を学んできたことが、君主制国家と王の臣下たちに、〈共和国〉および〈市民〉という用語で思考させてきたし、はなはだしく現実離れをした「人文学」の模範を与えていた。数百人の代議員たち、数千人のフランス人たちが、一夜にして、しかも動乱の長い年月の間、自分たちに大革命を先導する能力があると知ることができたなどというのは、奇跡的に思えることだったかもしれない（多くの歴史家は国民議会の過剰な立法活動を現実性のないものと見なしていたのだが）。しかしながら、すべての革命家たちが実践したたぐいの〈雄弁〉――この語の最も力強い、つまり最も技術的な意味、演説によって説得をする術、という意味で――が、討論・異議申し立て・翻訳の術を、調査・報告・立案の術を、彼らに共有のものとさせていた、ということは考えられるだろう。そしてとりわけ、この演説術を遂行することで、変化の信奉者である学識者たちは、文字を識らない人たちを自分たちの聴衆と見なすことになり、当然、説教家と張り合うことになったのである。

一七八九年の『人および市民の権利宣言』の独創性（すなわち、このさき数世紀に及ぶひとつの起点を生じさせるその革新的な力）は、これ以前のさまざまな改革、さまざまな「革命」にくらべ、これが言語装置のなかに介入したことによって、きわめて明確に規定される。この宣言を起草した人たちは、エクリチュールにおける力量にすぐれ、かつての『ストラスブールの誓約』の聖職者たちと同様に、自分たちの共同体の体制を変革することに使われるエクリチュール形式を創出することができた。彼らはラテン語から、フランス語から、英語から、法的・外交的・哲学的・芸術的な――一括して遂行されしかも厳密に区別された――さまざまの実践から、普遍性についてのひとつの新しい概念を表現する、新たな言説を引き出した。来るべき共和国の〈学校〉で教えられる〈基本フランス語〉である。

実際、一六八八年の〈名誉革命〉、一六八九年の〈権利章典〉は、英国の法的言語のなかに自らを組み込むことから、その重要性とその有効性とを得ていたのである。〈革命〉(revolution)という用語は英国の主権者たちの側近によって意識的に選ばれたのだが、それは、統治する王朝の内部での主権者の交替と、〈謀反〉、〈内乱〉、〈圧政〉、そして〈王政復古〉によって途絶えたイギリスの伝統への復帰とを示すために、最も穏やかで最も妥当であると考えられたからである。

同様にして、一七八六年のアメリカの『独立宣言』は、本来、外交文書であったし、そのなかに人間の生まれながらの平等といった倫理的原理のいくつかが論拠に使われていた。フランス語では〈révolution〉の語は、天文学、政治学の専門用語に属していて、〈市民〉、〈人の権利〉なる用語は特殊な文脈のなかに出てきていたのである。

フランスの『宣言』は、反対に、さまざまな政府筋の妥協を凌駕して超然としていることを求めている。それは単独で公布され、憲法に組み込まれておらず、法律の一部でもない。宗教の経典(〈ワレハ唯一ノ神ヲ信ジ、使徒継承ノ教会ヲ信ズ〉)と混同されることもない。〈天主の十戒〉並みの高い水準で表明され、〈律法の石板〉のイメージ豊かな形で印刷されているにもかかわらず。さらに、哲学的＝文学的なテキストと混同されることもない。その起草者たちは、そうした言い回しや論法に慣れ親しんでいるにもかかわらず（「人間は自由なものとして生まれた、しかも至るところで鎖につながれている」――ジャン＝ジャック・ルソー『社会契約論』の冒頭文）。

『人および市民の権利の宣言』

第一条――人は、自由、かつ、権利において平等なものとして出生し、かつ、存在する。社会的差別は、共同の利益に基づくのでなければ設けられることができない。

第一一条――思想および意見の自由な伝達は、人の最も貴重な権利の一つである。したがって、すべての市民は、自由に話し、書き、印刷することができる。ただし、法律によって定められる場合には、その自由の濫用について責任を負う。

「自由な伝達」という権利は、さきのヨーロッパの学識者たちの文化（聖職者・王侯の文化）の到達点であるとともに、のちの共和国の〈基本フランス語〉の最初の手本でもある。このフランス語はかつての学院の初級クラスを起源としているのだが、そこでは国際的な学識者に欠かせない基本ラテン語の習得が第一とされ、その下位に置かれていた。自由な伝達の革命がこれを、フランス国内で差別なく教育された市民の共通言語へと変えていくのである。この革命の結果生まれた言語連合体のなかで、ラテン語と外国語の初歩は、これからはずっと、フランスで、学校で教える文法にかなった基本フランス語の習得の下位に置かれていく。フランスにおける新しい共和制は、〈市民の言語（小学校のフランス語）で行使される選挙権（原理のうえでは普遍的な）〉に基づく。来るべきフランス市民は、さまざまな種類の不平等、抑圧に対し、知的訓練によってこれに打ち勝ち、自らを守っていく。文法的・論理的な分析を、フランス語で、義務として実践することにより、共通の方法で書きかたを習得しながら、だ。

空想的だが実現可能な体制。それは、短中期的にみれば空想的だといえる。『権利宣言』は、言語の分裂した人びとからなる王国のなかで布告されるのだから。

一七九〇年八月十三日、一枚の公式の質問用紙が代議員、政治結社・クラブ、新聞社、識見のある人士らを通じて、すべての地方に送られる。「田舎の俚言《パトワ》と風俗」に関するものだ。

質問一――フランス語は、あなたのお国ではなく広く使われていますか？　ひとつ、あるいはいくつかのお国言葉《パトワ》が話されていますか？

以下四二の質問は、お国言葉に関係している。分裂の道具であるとしてこれらを「絶滅させる」（さしずめ、こんにちであればアパルトヘイトというところだが）のか、それとも民衆のさまざまな情念を表したものとして、これらを書き言葉に移し替え、国民の過去の宝典として保存するのか、が検討される。

引き続く〈報告書〉は、さまざまのナマの声をもとに、数字で著わされた資料を作成している。それによれば、フランス人の三分の一（二〇〇〇万人中、約六〇〇万人）はフランス語を話すが、書くことのできる者は七分の一（三〇〇万人）であり、正確に書ける者はそのうちのごく少数である。

実現可能な体制だというのは、世論と政治集団とが競い合って努力することで、一歩一歩、普通選挙と公教育を一世紀にわたって樹立したからである。小学校の「正しいフランス語」がフランス市民全員によって話される言語となり、昔の諸王国の教養人のあいだで「パリのフランス語」が果たしていた役割を受け継ぎつつ、それとは異なる働きをするためには、百年以上かかることとだろう。伝達の言語、それはもはや学院、アカデミー、サロンといった閉ざされた場のなかでではなく、公立学校、大新聞、一般大衆の開かれた空間で練り上げられていく。

国民にとってのフランス語と、国際語としてのフランス語との、新たな関係の確立と新たな緊張。公的言語としてふさわしいかどうかを、理性の名において保証するのは、ほかならぬ文法である以上、ヨーロッパで国際的に通用する文法的フランス語こそが、フランスのあらゆる国民に義務的なものと定められ、そこに住む人びとの日々の言語習慣は考慮されない。王家の歴史により軽視された諸言語（ブルターニュの、バスク地方の）は、ヨーロッパの言語連合体のなかで数世紀来パートナーと認め合ってきた諸言語と肩を並べることはないし、「お国言葉」はなおさらである。ようやく二十世紀も末になって、文法にかなった初等フランス語を無理なく実践できるようになった世代のフランス人たちが、自分たちに固有の文化的帰属を内側から考え直し、ブルトン〈語〉、ピカルディー〈語〉、プロヴァンス〈語〉あるいはオック〈語〉を、現行のフランス語で文法化することに着手できるようになる。こんにち、かろうじて明らかになりつつある問題。それはすなわち、諸言語の統一と分割の、あらゆる手続きが問われている、ということである。

大革命後、フランス文学は想像力を発揮しつづけることになる。

もう一度、「再生」に全力を注ぐ。そのとき、フランス人の情念、思想そして言語活動が、新体制下に市民の言語で書きとどめられるのだ。

Ⅱ 編集室、教室（十九世紀）

〈新聞〉と〈学校〉とは、大革命以来、フランスに共通する書き言葉の実験室である。それでいて、おかしなことに、フランス文学の歴史は、雑誌・教科書でこんにち語られているとおり、この肝要な事実について言及を避けている。〈新体制〉がいまなお懐胎中であり、以前のさまざまなイデオロギーから抜け切っていないからなのかもしれない。けれども、公教育および自由な伝達が二世紀にわたって創設しつづけられたあとで、そろそろ事柄の真相解明が可能になってもよいころである。テキストを、「世紀」、「作者」、「ジャンル」、「詩と散文」などによって分ける伝統的な分類法を大きく飛び越えること（忘れるわけではなく）によって。

とくに必要なのは、フランスの言語・文学の教育と、「外国の」言語・文学あるいは「古代の」言語・文学、「現存している」言語・文学あるいは「死滅した」言語・文学の教育とを切り離しているさまざまな境界を飛び越えることである。国民的な表現形式を創造することは、こんにちの私たちの体制ではかつてないほどに、企ては国際的な構成となり、また、作業はそれが死活問題であればあるほど学問的になることを示すためにである。フランスの新聞と教科書の歴史は、この点で、避けて通ることができない。

教養人のあいだの伝達機関である新聞は、〈印刷出版物〉から出てきたが、これを産み出したのは科学技術、ヨーロッパ資本、国際的な制度・政治である。それはまずドイツの宗教改革を行なった自治公国に拡がり、次にイギリス、フランスへと拡大していった。

種々雑多な刊行物（ラテン語で〈relationes〉（報告）、〈almanachs〉（年鑑）、〈Zeitungen〉（報知）、〈Messrelationen〉（メッセ報告）、〈occasionnels〉（臨時報）、〈canards〉（瓦版）、〈libelles〉（パンフ）、〈placards〉（ビラ）、〈gazzetas〉（ガゼット）、〈corantas〉（状況紙））の出たあとで、定期刊行物が出現した。一六一一年、年刊誌『メルキュール・フランセ』、一五九七年には早々と、ドイツ、アントワープに月刊誌、ついで週刊誌、そして一六二二年のロンドンに初の〈時事週刊定期新聞〉『イタリア、ドイツ、ハンガリー、ボヘミア、パラティン伯領、フランスそしてオランダからのウィークリー・ニューズ』刊行。フランス語での最初の定期新聞は一六三一年（テオフラスト・ルノドの『ガゼット』誌）、イタリア語は一六三六年、スペイン語は一六六一年、ロシア語は一七〇三年である。

ごく限られた人びとによってしか読まれず、既成の権力に検閲された新聞は、演劇と書物が勢力をふるうなかにあって、長いこと、たいした役割も演じずにきた。それが十七世紀後半の〈名誉革命〉の政治的動乱に関与したのは、イギリスにおいてのことである。政府からのさまざまな強制、検閲、課税も、当時、新聞の種類、発行部数の増加を阻止できず、逆に伸びる結果をまねいた。一七七一年、イギリス議会は、審議の報道を新聞に対して許可する。現在見られる、イギリスの大新聞・定期刊行物の出現である。

新聞の発達に結びついた文学ジャンルである連載小説のはしりは、一七一九年に『デーリー・ポスト』紙に掲載されたダニエル・デフォーの『ロビンソン・クルーソー』だった。『ロビンソン・クルーソー』は、地球を植民地化することの経済的・道徳的な価値を象徴的に表わす作り話で、イギリスの新聞紙上に登場したが、ジュネーヴ市民ジャン＝ジャック・ルソーにより、またドイツの教育学の改革者たち（バールト、バゼドー、カンペ）により広く知られていったのは、偶然ではない。宗教改革の国々では、平俗な書き言葉を使った宗教教育、児童教育、有用な情報の受け渡しが行なわれるようになると、新聞、お話や小話の本、教育的小冊子を同時に載せる出版物が産み出されていった。それらの出版物は、量的に見て多大であるばかりではなく（それらはこんにち書籍産業を支える根幹部門になっている）、諸言語のあいだに、社会の諸階級のあいだにそれらが張りめぐらす伝達網から見ても、大きな役割を果たす。たしかに出版報道の自由は、直接には数々の政治的自由から生まれているのだが、それはまたヨーロッパの新しいエクリチュール、子どもたちとその他の人たちに伝えるように〈思想を表現する〉新しい工夫をつくりだすことからも生まれている。

この新しいエクリチュールは、清教徒の説教者の〈平明なスタイル〉と、フランス風おとぎ話の〈子どもっぽい単純さ〉との遺産を併せて受け継いでいた。女性は、当時の社会のなかで、小さな子どもたちの教育者の役割と、ブルジョワの社交マナーをわきまえるべき一家の主婦の役割を与えられていたが、作者としてまた読者として、運動の先頭に立っていた。

一七八九年の前夜、フランス人女性ステファニー・ド・ジャンリスは、オルレアン家の王子たち（なかに未来のルイ・フィリップがいた）の家庭教師であり、教育的著作と物語（『お城の夜の語らい』）の作者であり、啓蒙思想の進展に理解をもち、大革命のあいだはイギリス、スイス、ベルギー、ドイツと移り住んでいたが、ボナパルトによって初等学校視学官に任命される。小説家・回想録作者として一生を終えている。

イギリス人女性アンナ＝レテイテイア・エイキンは、「文芸学」教授でフランス啓蒙思想家である翻訳者の娘だが、当時の最も秀れた学者たちと親しく交わり、フランス人ユグノーの孫にしてヘッセン選帝侯の礼拝堂付き司祭の息子（バルボー）の妻となる。彼女自身、詩人であると同時に文芸批評家でもあり、フランスに親しく、人権政治を公然と支持。文法化された役立つ言語（「ピンはどこにありますか？ピンはここにあります」）を習得するためのはじめての選集『子どもたちのレッスン』（ロンドン、一七七八年）を作り、次いで『マンスリー・マガジン』編集長をしている弟とともに、若者向きの物語集『くつろぎの夕べ』（一七九三〜一七九六年）を刊行（「ここで説かれている教訓は子どもたちだけではなく、おとなたち、市民のみなさんにも通用するものです」）、そしてまた、初等教育のモデル校を創立している。

フランス人アルノー・ベルカン（一七四九〜一七九一年）は、ボルドーのイエズス会修道士の門弟だが、教育者として、すぐれたジャーナリストたちの国際的な集まりの一員となる。彼はヨーロッパを股にかけ、イタリア語の演劇、ドイツ語・英語の雑誌をフランス語に訳し、『子どもの友』という定期刊行物を創刊する（一七八二年）。アンナ・バルボーの〈レッスン〉（『ボンジュール・シャルル』）、その他、多くの出版物を翻案。大革命が宣せられると、主要な情報機関紙『モニトゥール』の記者となり、また自らも論説紙に首を突っ込んで、〈子どもの友委員会〉から『村の図書館』を月刊で一〇冊出版する。憲法の正式承認と立法議会の指名とを支持するためである。

フランス革命の期間を通じて、教育家にしてジャーナリストのアルノー・ベルカンは――彼の「ベルキナード」と呼ばれた作品は穏健な感傷癖に染まったものであった――大胆きわまりない革命家らに共和国フランス語のさまざまなモデルを提供するが、これらのモデルは政治的な浮き沈みに抵抗して生き残る。フランスの第一共和制が、ラテン文法の特権を覆し、『フランス文法要理』に基づいた公教育の創設を選ぶときに、公式に推薦された教科書（以前の学院教授法による一七八〇年の傑作〈ロモン〉の教科書）は、『ラテン文法要理』の拘束から逃れにくいのだが、しかし新「第二段階」の初等クラスではすでに使用が始まっており、また新興ブルジョワジーにおいてはすでに教育雑誌に結びついているので、（ラテン文法からフランス文法への）切り替えをすぐに始めることができる。バルボー、ベルカン、ペスタロッチは、他の多くの者とも協力して、ふつうの読み方の本と作文の練習帳のネットワークをヨーロッパに張りめぐらしてゆき、翻訳を通して新しい言語連合体を生み出していく。一八八〇年頃、フランスでは、初等教育の最終的な確立にともなって、民主主義時代の教科書が花開くことになる。

ベルカンの著作は、フランス革命の新聞編集室から生み出されて、唯一初等クラスの練習帳に（百年以上も）掲載されたテキストである。これは、国語の自然さを象徴するものというエクリチュールの水準での、表現力豊かな、単純な文の特質に負っている。

『田舎に住む人の仕合せ』ランセ氏、マチユ

ランセ氏――やあ、マチユ、どうかね調子は？

マチユ——おお！　旦那さま、そんなことをお聞きになりますとはねえ？　私どもの身分では良いなんてことはありませんもの。仕合せなんて私どものためにあったためしはないので。

ランセ氏——じゃあ一体、そいつは誰のためにあるというのかね、伺いたいものだが。

マチユ——ご親切なこって、町の旦那衆、そんなおたずねをしてくださるとは。

ランセ氏——するとお前さんは、お前さんたちよりも私たちのほうがずっと仕合せだと思っているのかね？

マチユ——私どもの暮しをひと月でよろしゅうございますから、していただきたいもので。そうすればじきにどう答えたらいいかお分かりになりまさあ。（A・ベルカン、《村の図書館》、一七九〇年八月）

M.Rancey.— Eh bien, Matthieu, comment cela va-t-il?

Matthieu.— Ah! Monsieur, faut-il le demander? cela va toujours mal dans notre état. Le bonheur n'est pas fait pour nous.

M.R.— Et pour qui donc est-il fait, je vous prie?

M.— C'est bien à vous, Messieurs de la ville, de faire cette question.

M.R.— Vous nous croyez donc plus heureux que vous autres?

M.— Je voudrais vous voir mener un mois seulement notre vie. Vous verriez bientôt ce que vous auriez à répondre vous-même.

フランス語での自然さの効果を生み出している書き言葉での簡素さは、「ラムゼー氏（M.Ramsay）マシュー（Matthew）、「お元気ですか？」《How are you?》など、フランス語に対応した英語での語句のもつ簡素さ、自然さの効果の翻訳であることによく注意すること。

この種の言語運用は、こんにちもなお、フランスの言語・文学があらゆる効果を挙げるために準拠するエクリチュールとなっている。学校の作文にせよ、新聞の探訪記事やテレビのルポ番組にせよ、あるいはまた、言語のさまざまなきまり、――これは、どんな制度よりも民主主義においておびただしい数にのぼる、込み入った対立を引き受けるために取り決められたものだが、こうした言語上のきまりに縛られないでもよい美的な文体にせよ、その手本となるものなのである。十九世紀・二十世紀の小説は、準拠すべきこのフランス語から出発して、新しい世代を表現するさまざまな文体を作り出していく。なぜなら、国民のフランス語で新たに自然なものとなるものは、これからは、フランス語として、どんな不自然なものでも表現する新しい書き方を要求するからだ。一方で要求されるのは、新たな〈ラテン語法〉だが、これは、聖性を剥奪されたラテン語と言ってもよく、新しい教育体系のなかで占めるその場所が、これを高い地位にとどまらせている。また、他方で要求されるのは、あらたな〈卑俗語法〉であり、こちらは、庶民階層が自由な伝達へとあらたに参加することを、読み書きのできない者たちからの強い影響を目に見える形で表わしている。

三部会招集をめぐり、洪水のような文書がフランスの大衆のもとにどっと押し寄せた。一七八九年から一八〇〇年に至る間に、一三五〇を越える新しいタイトルの時事刊行物が出現する。向こう一一年間に、先立つ一五〇年間の二倍ということになる。〈ジュルナル〉、〈ジュルナリスト〉という言葉は、意味内容を変え、「よい趣味」をもった閉鎖集団――並みの法律家、しがないもの書き――とは縁のない人間が含まれてくる。こうした、教育ある多数の人びとの登場は、ラテン語法を津波のようにフランス語の表現のなかに引き起こす。いたるところでキケロを、タキトゥスを、ギリシア・ローマの神話をひけらかすが、こうすることで、たぶん、新しい市民たちは生まれながらの特権者に対し、教育による新しい特権をはっきりと表明しようと言うのだろう。彼らはまた、ラテン語がかつて有していた普遍性から解放される芸術的な手段を探し求めている。古典趣味の理想、この理想に従うことで、ラテン文化は奥底まで同化され、フランスのさまざまな思想に意味を与えるのだが、彼らはこの理想に自分を合わせることをやめて、明らかに自分たちのラテン語を使うように努める。つまり、これを奉仕させるように、これを流行させるように努めるのである。彼らは、議会の構成員たちが古代風の衣装姿で画家に描いてもらっているその時に、ラテン語からの翻訳フランス語をひけらかしている。こういう、ぱっと燃え上がるようなもじりは、なによりもそれが流行であるために、長続きすることはないだろうが、文学的な想像力のなかにひとつの断絶を作り出してしまうことになる。

以後、あからさまにラテン語に頼ることが、説教壇、演壇のおおげさな口調を継承する、「格調高い」文体の目じるしになるだろう。説教の文体、これは、二十世紀末に至るまで、政治的言説の特徴を示すものである。

シャトーブリアンは、ナポレオン体制下の一八〇七年七月の『メルキュール・ド・フランス』紙上で、言論の自由を擁護する。

「卑劣きわまる沈黙のなか、奴隷の鎖の音と密告者の声しかもはや聞こえないとき、何もかもが暴君の前で震え上がり、暴君の恩顧を蒙ることが不興を買うことと同じくらいに危険であるとき、歴史家が出現するのだ。民衆の恨みを晴らす責務を負って。空しいことだ、皇帝ネロが栄華を誇るとも、タキトゥスはすでに帝国のうちに生まれている。彼はゲルマニクスの遺灰のそばに人知れず育つ。だがすでに、公正なる神の摂理は無名の子どもに世界を導くものとしての栄光を委ねられたのである。」〔ナポレオンは激怒して『メルキュール』紙の発行を禁止、記事の筆者を迫害する〕。

エミール・ゾラは、一八九八年一月十三日の『オロール』紙上に、ドレフュス事件の流れを変えるために堂々たる論陣を張る。『共和国大統領フェリックス・フォール氏宛書簡——われ弾劾す』がそれである。ド・ゴール元帥により発せられた『一九四〇年六月十八日のアピール』も同じ伝統に連なる。

逆に、〈卑俗語法〉は、共和国のフランス語のなかに、エクリチュールの法則を大きく逸脱する民衆の痕跡を引き入れる。革命派の新聞では、「野卑な言葉」が文章の流れを断ち切る（はじめは反革命派の貴族の新聞で、次には「サンキュロット」のペンと言える「過激派」の新聞でさらに文才を振るって）。「神に誓う奴らと宣誓しなけりゃならないとは、くそ」（エベールの『ペール・デュシェーヌ』紙、一七九二年）。

悪態は、最も粗野な卑俗語法である。〈隠語〉は、これよりは巧妙で、国民のフランス語のなかにあって、締め出されていたり反抗的であったりする特殊な集団の言葉遣いであることを示す（V・ユゴーは新聞連載を予定した小説『レ・ミゼラブル』（一八六二年）の長大な一章で、隠語のイデオロギーを作り上げる）。革命時代のパンフレットでは〈魚屋風《ポワサール》〉文体(1)、都市の下層民を代表する隠語の変種であるが、これが語彙のレヴェルに入り込んでくる。非の打ち所のない統辞法により言説に取り込まれて、だ。

（1）魚屋のおかみさん（「ポワサルド」）の使うような荒い言葉、ということから、河岸の人足や市場の女商人たちの乱暴で下品な言葉を模した文体をいう〔訳注〕。

「俺だってラテン語を話すことはできる。しかしね、俺に自然な言葉はサンキュロット派の言葉なのだ［……］神に誓う奴らと宣誓しなけりゃならないとは、くそ。俺の荒っぽさだって、なんと言われようと、こいつはどこかのおたんこなすどもがなり立てるほど気にさわるもんじゃないのさ」〔前記引用〕。

いずれ小説のエクリチュールにおいて重要な結果をもたらすことになる文学現象なのであるが、農民の粗野な性《さが》をそれだけですでに代表する言葉遣い（《je devons》）が、魚屋風の言い回しといっしょに右翼の新聞に使われており、これに対して左翼の新聞では、農民調と場末調とが厳密に区別されている。革命派の出版物では田舎言葉と隠語とは同じ役割を果たしていない。

『ペール・デュシェーヌ』に面と向かって書かれた『ペール・ジェラール年鑑』

P・ジェラール――わしにちょっぴり気に入らねえことが、ただひとつだけあるだ。

P・デュシェーヌ――分かってますよ。俺が口にする「くそ」だの「畜生」だの「ちえっ」だの、そのほか愚にもつかない口癖のことですね。

P・ジェラール――んだ。おめえが頭にきたり、ごきげんになったりするのを読むたんびに、たまにはポロッといいことも言うだのに、なんではあ、そげえきたねえ言葉さ使うのかが分からねえだよ。

P・デュシェーヌ——どうしろって言うんですかね、くそ、若いということはいつだってこんなもんです。［……］結局、くそ、お嬢さんたちのためではないんですよ、俺が自分の思想を紙の上にたたきつけるのは、ね（一七九〇年一〇月三十一日）。

書き言葉という装置の国際的な広がりは、社会的な新しい広がりと不可分である。これこれの国に国語が根づいたと考える見解、言語上の区分と国民の外交＝軍事的境界とを区別する制度・伝統は、それがどのようなものであれ、ヨーロッパに広まった雑誌および書物のなかで再検討されることになる。いつの時代にも〈民衆〉とか〈国民〉という語は、複雑な現実を蔽《おお》い隠してきたのであり、さまざまな争いを乗り越える手段となってきたのである。これらの語が現実に意味をもっていたのは、さまざまな言語・言語活動の交流点にそれらが見出されるときだけである。

フランス語とドイツ語のはじめての公文書において、〈poblo〉と〈folches〉とがたがいに結びつき、またそれらがラテン語〈populus〉と結びついたために、異なる共同体の構成員たちが、自分たちをいっしょに、また別々に考えることができたのである。やがて一〇〇〇年後、共同体が再編されるときになって、「民衆文学」が「国民文学」のただなかに正当なものとして出現してくる。その登場はヨーロッパではフランス革命に先立ったのであるが、フランス革命は民衆文学に推進力を与えて、権利の水準にまで押しあげる。

新しく行なわれる翻訳の作業が、〈民衆〉と〈国民〉、特有語、方言そして俚言という用語の内容を練り上げていく。さまざまなテキストが新しく流通していくことで、言語と言語との接触の仕方が変わってくる。ヨーロッパの雑誌にはどれにも、外報欄が設けられるようになり、いま強く関心をひく著作の翻案・翻訳が掲載されるようになる。

国外問題と国民議会の討論とに関する情報をフランス国内に伝えるため、一七八九年に創刊された『モニトゥール』紙が、一七九六年に、カントの『永遠の平和に向かっての考案』の翻訳を発表する。民衆文学はといえば、これを最初に発見したのは十八世紀のドイツ教養人たち（南スラヴおよび新ギリシア派の「歌」の翻案者＝翻訳者たち）であり、イギリスの教養人たち（マクファーソンは伝説の吟唱詩人オシアンをこしらえあげた『スコットランド高地地方にて収集し、ゲーリック語あるいはスコットランド・ゲール語より翻訳した古代詩歌断章』を一七六〇年に公刊）なのであるが、グリム兄弟らが力を注ぐことで、やがて十九世紀の定期刊行物に掲載される多くの作品の題材になっていく。〈フォークロア〉という用語は、古いサクソン語から英語で取り入れられたものでありながら、それ自体、国際的になっている。フランス語にも入って、〈民間伝承の（folklorique）〉という形容詞を提供する（一八九四年）。

フランスの内側でのさまざまな「民衆的」または「地域的」な文学は、フランス語と国際的な諸言語とに翻訳されることにより書きとめられ、あるいは書き直された。

話し言葉の内容を書き言葉へと、あるいはまた、ある文書の内容を別の言語へと機械的に移し変えることができないことは、明らかである。他でもない、翻訳の努力を傾けて改めて勢いづけることが、思想を豊かにすることなのだ。〈peuple〉および〈nation〉という言葉は、翻訳不可能である。なぜなら、これらの語が指し示す歴史的な実体は、国家語としてのフランス語で精神形成を受けた経験のない人びとがもつ歴史的な実体とは異なるからである。しかもそのうえ、フランス語においてこれらの語そのものが明確に規定されておらず、語の歴史のさまざまな矛盾を負わされているからである。そのために、この二つの語の意味を明らかにするのには、両語をいっしょに用いて対比させることによるほどである。

《Le peuple breton dans la nation française（フランス国民のなかのブルトン民族）》あるいは《la nation bretonne dans le peuple français（フランス民族のなかのブルトン生国人）》。文脈次第では、こうした対比をすることにより、正確に考えることが可能となるだろう。

似たような対比と文脈の操作は、〈peuple〉と Volk ないし people などの語との間でも通用する。英語、スペイン語、イタリア語、ギリシア語、ハンガリー語は、フランス語同様、それぞれのやり方で、二つの用語を使いこなす。だがドイツ語の〈Volk〉とロシア語の〈narod〉とには、ひとつしかない。理解をしてもらうための実にさまざまな書き言葉による言い回しの工夫が存在する。

西欧のスラヴ民族においては、指導階級が広汎な農民層と同一言語であるか（ポーランド）、異なる言語であるか（ボヘミア）によって、二つのケースが見られる。ボヘミアでは nàrodní と lidovy とはほとんど交換可能だが、ポーランドではできない。オランダ語で〈Volkerenbond〉（国際連盟）と言っていたのが、こんにちでは〈Verenigde Naties〉（国際連合諸国）と言われている（『啓蒙からロマン主義へ——民衆文学と国民文学』、パリ、ディディエ＝エリュディシオン、一九八五年、十八世紀末から十九世紀初頭における〈定期刊行物に見られる翻訳〉に基づく資料）。

翻訳による伝達の極端なひとつの事例、それは、プラハで一八二七年から、科学および文学の情報をチェコ語とドイツ語という双子《ふたご》の原文で提供する二言語併用雑誌の場合に見受けられる。翻訳をしないことは、この場合、もちろん翻訳する能力のある人びとを目当てにしている。

二十一世紀は、別の事例を見せてくれることだろう！

Ⅲ　小説（十九〜二十世紀）

十八世紀末になるとすぐに、しかしとりわけ革命の年月が去った十九世紀初頭になると、〈ロマン（roman）〉という語の新しい用法がヨーロッパに現われる。以来、この語はフィクションの作品群のなかで、質量ともに他を圧倒する文学ジャンルを指すことになる。こんにちに至ってもなお、小説《ロマン》は、映画・テレビの作品と競争しながらも、これらに取って代わられてはいない。

ヨーロッパ諸言語の誕生に際して、ロマン語の書きもの[1]は、すべてラテン語のエクリチュールと思想の内部で生み出されている。まずは、その当時のラテン語の詩と競い合う韻文で、しかも古代のさまざまな主題について、フランス語による長い物語が十二世紀に「ロマン」という名称を持つのである（『アレクサンドロス大王物語』）。それらは筋立てと恋物語との奇想天外さから〈武勲詩〉のジャンルと対照をなすが、武勲詩は国王ならびに君主たち王家のラテン語正史と競い合うために、物語《ロマン》以前にフランス語で作られたものである。物語《ロマン》は、まもなく散文で作られるようになると、異国的・世俗的・反体制的になる（『トリスタンの物語』、『オーカッサンとニコレット』、『薔薇物語』）。十六世紀のルネサンスの期間、ロマンは、主要な諸国語のなかで数を増してくる。イタリア語の〈ロマネスコ（romanesco）〉にならい、フランス語は〈ロマネスク（romanesque）〉という名詞・形容詞を作るが、この語は感傷的・冒険好きな態度を指す。三世紀の間に、スペイン語の〈ロマンセ（romance）〉（この語はプロヴァンス語の〈romans〉から借りられている）が、フランス語に〈ロマンス（romance）〉という語を提供する。英語で編み出した〈ロマンティック〉という語が（英語はロマンとして生まれた英語による物語を〈ロマンス（romance）〉と呼んでいた）、フランス語で〈ロマンティク〉と書かれるとき、そこには、イギリスの物語のもつ民間伝承と夢幻的なヴィジョンとが入り込んでいる。この同じ〈ロマンティク（romantique）〉というフランス語は、ドイツ語の〈ロマンティシュ（romantisch）〉の訳語にも使われるが、それはドイツの言語および文学が、十八世紀末にこの語を導入して、独自の意味に使う時のことである。この時期に、イギリスの文学語は、その新しいロマンに〈ノヴェル（novel）〉という名を与えはじめる。それにつれて、フランス語は、〈ヌーヴェル（**nouvelle**）〉（簡約ロマン）という用語にふたたび活力を与える。この**nouvelle**という語は、イタリア語の〈ノヴェッラ（**novella**）〉、英語の〈ノヴェル〉同様、ラテン語の見聞談〈**novella**〉——中世文学におけるショッキングなニュース——から来ていた。

（1）ローマ帝国崩壊後、ラテン語が旧帝国領域内の各地で分化発展を遂げて生じた、フランス語、イタリア語、スペイン語、ポルトガル語などの近代諸語の総称〔訳注〕。

〈ロマン〉あるいは、〈ヌーヴェル〉、〈ロマネスク〉、〈ロマンティスム〉——どれも、私たちの時代のさまざまな小説に共通する性格と、国によって異なる特徴とを同時に示す用語である。二〇〇〇年の間に生産された膨大な量の新聞小説と書物。人びとの意識は、グレゴワール[1]が国民公会において願ったように、「新しい辞書、新しい文法」をこしらえ上げたのである。それは、文学のモデルを変換することによる。

すなわち、イギリスおよびドイツの傑作が、フランス語の想像力のなかでギリシア゠ラテンの諸作品を凌駕するのだ。一七七四年、ゲーテの小説『若きヴェルテルの悩み』が現われるや、ヨーロッパにわき起こった熱狂は、『新エロイーズ』(一七六一年)によく似た感傷的な筋立ての魅力だけでは説明がつかない。それはまた、とくにひとつの発見、将来性にみちたドイツ近代文学の魅力にもよるのである。

(1) フランス革命時代の言語政策を取り仕切った神父。フランス国内におけるフランス語の使用状況を調査し、これをもとに一七九二年「グレゴワール報告」を国民公会に提出した(一〇一頁参照)〔訳注〕。

ナショナリズムは、フランス革命から決定的な刺激を受ける。一八〇〇年にパリで出版された一冊の本は、題名がそれだけで天才的なひらめきであった。それは旧体制の〈詩法〉とは手を切り、大革命を経験した人びとの綱領となる。『社会諸制度との関連において考察された文学について』が、それである。著作は、文学批評のもうひとつ別の試論により補足されるが、これもまたその題名が反響を呼んで、思想のひとつの新しい源泉を指し示していた。すなわち『ドイツ論』であるが、その著者、ジェルメーヌ・ネケール、スタール゠ホルシュタイン男爵夫人(一七六六~一八一七年、ヨーロッパにおけるさまざまな思想の動向を、その理論によってと同様にその私生活およびその小説によってもまた明らかに示している)は、次のように言明した。

「ドイツの高名な形而上学者カント〔一八〇〇年死去〕は、雄弁術、美術、想像力によるすべての傑作が体験させる喜びの原因を検討して、かかる喜びは人間の宿命のもつさまざまな限界を押し返したいとの欲求に基づいている、と言う。私たちの胸をこれほどまでに苦しく締めつける数々の限界。とらえどころのない感動、高揚した感情はこれらをしばしの間、忘れさせてくれる。魂は、高貴な美しいものが自分のうちに生みだす言い表わしようのない感情につつまれて満ち足りる。そして天才と真理との果てしない行路が目の前に開かれるとき、地上の境界は消え失せる。優秀な人間や感性豊かな人間は世の中のさまざまな掟につとめて服従しようとし、そして悲哀をおびた想像力が無限を夢見させてくれるとき、つかのま幸せが訪れるのだ」(『文学論』、II—5)。

「宿命のもつさまざまな限界」、「地上の境界」、「世の中のさまざまな掟」。こんにちでは廃れてしまったこれらの言葉は、当時、社会のなかの個人の存在を示している。「魂」は、小説の主人公を家庭、祖国、言語、利益集団のなかで孤立させたり、それらのなかに溶け込ませたりしていた。

「ロマン主義文学あるいは騎士道文学は私たちの心に住みついている。私たちの宗教、私たちの諸制度がこれを開花させたのだ。[……]古代にならった詩などは、どれほど完璧なものであろうとも、人気を博することは稀である。というのもそれらは、現代において、なにひとつ国民的なものに根ざしていないからだ。[……]わがフランスの詩人たちは、わが国のそしてまた他のヨーロッパ諸国のありとある教養人たちから称讃されている。だが彼らは町々の民衆、当の町民たちにはまったく知られていない。それというのもフランスでは芸術が、よその国のようには、それぞれの美が育つ国そのものから生まれていないからである」(『ドイツ論』、II—11)〔スタール夫人が文学的な国語がフランスよりもよく民衆のなかに根付いている国の例に挙げているのは、スペイン、ポルトガル、イギリスそしてドイツである〕。

新しい主題は、「ジュリアン・ソレル」あるいは「農民」となる。そして、新しい仮構が言説のさまざまな形式を新たに活用して、これらの主題を新しい文体のなかに盛り込んでいくだろう。

イギリス文学とドイツ文学は、フランス文学にさまざまな文体の例を提供するが、それらの文体において語彙が古典フランス語の語彙ほどの大きな拘束力を持った禁止事項に苦しめられることはない。かつてヴォルテールがシェイクスピアの劇をフランス語に翻案したとき、フランスの舞台に動きと装置は少し増やしたが、言語の自由奔放な「悪趣味」な部分は削除したのだった。これとは反対に、ロマン主義者たちは、シェイクスピア作品の国民的な側面と、彼のエクリチュールが実現したさまざまな言語素材の融合とを模範としていくことになる。

「パリでイギリスの劇団により『オセロ』が上演されたのに続いて、スタンダールは『ラシーヌとシェイクスピア』を書き、声を大にしてこう言う。「私たちには私たちの演劇がこれからは必要だ」。ヴィクトル・ユゴーはシェイクスピアを崇拝し、これを神話化する。彼は息子フランソワにシェイクスピア全集の翻訳を無理やりにやらせると、これにむけて雷鳴のようなエッセイを書くことになる。以来、シェイクスピアはわが国の劇作家たちと同等の資格でフランス人の意識のなかに入っていく［……］」自分のシェイクスピアを持たないものは教養のないものと見なされる。

〔シェイクスピアの〕言語は前代未聞の豊かさを持っている。わが国でこの豊饒さに匹敵できるのはヴィクトル・ユゴーだけかもしれない。シェイクスピアは一万五千近い語をその網のなかにすくい取る。彼はこれらを言葉が使われているあらゆる分野から汲み取る。ラテン語の散文と俗な話し言葉を受け継いだ共有の資本、田舎や地方の方言、さまざまな職業、兵法・航海術・判例集・神学者たちの特殊言語、宮廷人と詩人たちの気取った表現、泥棒や詐欺師仲間の残忍な物言い、彼の時代の厳密なあるいは不確かな諸学、天文学・医学・錬金術・植物学その他いろいろな学問の語彙。外国語での表現――ひとつの場面がまるごとフランス語というのさえある！　それぞれの登場人物は、身分に応じてリアルなあるいは型にはまった言葉を話す。しかもその言葉は、たとえ高度に形式化されているとしても、〈話し言葉〉の調子、速さ、響きを保っている。これこそが本質的な特徴のひとつ、すなわち伝達の自然さなのである」（アンリ・フリュシェール、〈シェイクスピア〉の項目、『アンシクロペディア・ユニヴェルサリス』所収、パリ、一九八〇年）。

これは現代のフランス語百科事典に見られるシェイクスピアの文体の分析だが、大革命以降のフランスの小説家たちの創作にも、そのままあてはまる（ちょうどソフォクレスとウェルギリウスに認められる美が前代のフランス文学を形作ったように）。同じくゲーテの作品が、フランス文学の構成要素となる。一八〇八年、『ファウスト、悲劇』（第一部）が刊行されるや、たちまちフランスで好評を博し、翻訳される。一八二八年にドラクロワの挿し絵入りで再刊（「二大詩人ゲーテおよびドラクロワの『ファウスト』」とはユゴーの言である）、そして十九歳のリセの生徒「ジェラール」（のちのジェラール・ド・ネルヴァル）によって、改訳をされる。

「ジェラールの文体は、思想と言葉の闇のなかに光をもたらすひとつのランプであった。彼のおかげでドイツ語は、それがもつ色彩と奥深さとを少しも失わずに、その明晰さによってフランス語となった」――テオフィル・ゴーティエは当時こう書いている。

一八三〇年、老ゲーテは、ジェラールの訳を拾い読みしながら、こう明言している。「私にはもはや『ファウスト』をドイツ語で読むことはできない。だがこのフランス語訳のどこを見ても原文のみずみずしさ、新しさ、精神が再現されている」（『ゲーテのエッカーマンとの対話』、一八三〇年一月三日）。

ベルリオーズは、刊行されたばかりの訳書を開くや「魅了」され、もはやこの書物を離すことのないまま、数か月でカンタータ『ファウストの八景』を作曲するが（彼はこの曲をゲーテに送っている）、これが『ファウストの劫罰』（一八四六年）の中核となる。

図らずも、外国の〈劇文学〉がフランス小説を再生させるきっかけとなる。フランス古典演劇の完璧さを損なわずに、これを内部から変えることは、確かに不可能であった。他方で、〈新聞〉および〈学校〉の新体制が、小説から文学表現の実験的な形式を作り上げつつあった。小説は、出版業の手で生産物として広範な流通市場に投げ込まれはするが、個人により創作され消費されることで、作者と読者との私有財産となる。

十九世紀にフランス語で誕生する小説は、過去から受け継いだ技法を何ひとつ失うことなく（「大世紀〈ルイ十四世の時代〉」の文学より前の文学が新しい国民的な人文主義により蘇る）、哲学的な着想と文体の豊かさとをシェイクスピアやゲーテの劇と競い合うばかりでなく、同時にまた、ヨーロッパの叙事詩とも競い合うのである。バルザックは、作家として油の乗りきった一八四〇年頃、気がつく。自分が作り上げつつあった、そして社会生活の「情景」あるいは「研究」という題の下にまとめ上げようとしていた、すでに膨大な量の小説およびエッセーの総体が、ひとつの作品としての統一性に到達することができる、と。これに彼は『人間喜劇』という題をつけることに決めるのだが、それはさまざまな現実の芸術表現を、ダンテが世界観を高めたのと同じレベルで新たにするためである。

だが一体どのようにしたら、一つの「社会」の提示する三千ないし四千もの人間が織り成す劇を興味あるものにすることができるだろうか。どのようにしたら詩人や哲学者ばかりでなく、心に食い入るようなイメージと、そのなかに盛られた詩情と哲学とを求める一般読者にも同時に気に入ってもらえるだろうか。［……］彼（ウォルター・スコット）はその一章一章が一つの小説であり、一つ一つの小説が一つの時代であるような、そうした形での完全な歴史にまとめ上げるよう自分の作品を相互に結びつけることには思い及ばなかった。［……］作家は［……］家庭内のドラマの語り手に、社会の変化を映す家具類の考古学者に、さまざまな職業の目録作製者に、善と悪の記録簿作りにはなりうるだろう。［……］このようにして描かれた「社会」は、みずからのうちにその運動の因ってくる原因を合わせ持っているに違いない（『人間喜劇』の序言、一八四二年〔石井晴一／青木詔司訳〕）。

この『人間喜劇序言』には、資本主義の制度で主な小説作品が出版される際にはつきものだが、一枚の〈宣伝ちらし〉が先立つ。

ぎっしり組まれていても、申し分なく読めるように特別に鋳造された新活字を用いて、各巻七フラン五〇サンチームする〔ド・バルザック氏の作品の〕八つ折り判一二〇巻を、同じ判でしかも各巻なんと五フランの一六巻におさめることができました。つまり、ド・バルザック氏の作品をお買い求めになるのにも、これを従来閲覧室から一巻ずつ借り出して読む際にかかるのとご費用がさして変わりがない、と言えるわけです。

書籍業界初の破格の安さに加えて［……］ご満足いただける多くの挿絵を入れましたが、これらは小説の主な登場人物生き写し、彼らを髣髴させることでありましょう［……］。

こうしてでき上がったフランス小説の例として、その作品のイメージを損なうことなく一ページだけ取り出して引用することはむずかしい。というのも、バルザックにおいてテキストは、そのさまざまな文脈、際限なく返ってくるそのこだま——多様な社会的現実を象徴するさまざまな書き言葉の使用、ある挿話から別の挿話へと繰り返し現われる登場人物たちの表情、小説ごとに、あるいは小説群ごとに変わる哲学——から引き抜かれるならば、まったく存在しないからである（関連があまり密ではないために、『人間喜劇』全体の見取り図およびその枝分かれした部分への小説の配分は、バルザックにも彼の刊行者たちにもしっかり決めることができなかった）。さらに加えて、バルザックの作品は囲い込みを拒む芸術形式に属していて、ユゴー、スタンダールたちの作品群からばかりでなく、ついには、写実主義、自然主義、超現実主義などのどんな制作からも切り離すことができないのである。これらは集まって、複雑多岐にわたる体験に一種の混濁した対位法を提供している。それはそれとして、ともかく、以下に『浮かれ女盛衰記』の末尾を抜き出してみる。教養のある人びとは、ここにひとつの傑作の出現を見てとり、またこの抜粋は、フランス小説の独自性をその血縁となる文学（『ハムレット』や『ファウスト』のような作品）と対比して、直観的に把握できるようにしている。

リュシアンが自殺遂行のために、その発明力から立ちどころに暗示された計画は次の通りであった。

窓として明けた壁の穴には半円筒型の目隠しが取付けられていたが、それがリュシアンに遊歩場を見るのを妨げたとすれば、眼隠しは同様に、看守にも邪魔になり、密室のなかで行われていることを見させなかったわけである。ところで、窓の下部は、ガラスの代りに二枚の丈夫な板が取付けられていたが、上部は半分ずつ小さなガラスを残していて、桟がそれを止め且つへだてて枠の役をしていた。机に乗ってみると、リュシアンは、窓の、ガラスのはまった部分に手がとどき、その二枚のガラスをはずすなり割るなりすれば、手近かの桟の隅に頑丈な支点を求めることができるはずだった。彼はそこに自分のネクタイを通し、きっちり結び玉を作っておいてから、それで自分の頸をくくれるように、自分の体を一巻きさせ、それから机を一蹴りして遠くへ押しやろうと心に期したのである。

そこで彼は音を立てないように机を窓に近づけ、フロックコートとチョッキを脱ぎ捨ててから、手近かの棒の上下にある二枚のガラスに孔をあけるために、少しもためらわず机にのぼった。机の上に立ってみて見ると、はじめて、遊歩場が眺めわたせた。それははじめてかいま見る摩訶不思議の光景であった。ラ・コンシエルジュリーの典獄は、リュシアンに対しては最大の敬意をもって行動するようにというカミュゾ氏の指示を受けていたため、すでに見たように、彼を、『銀貨塔《アルジャン》』に面する暗い地下道の入口から、ラ・コンシエルジュリーの屋内通路を通って連行させ、こうすることによって、優雅な青年の姿が、遊歩場を歩きまわる被告の群れの見せものにならない用心をしていたのだ。屋内遊歩場の光景が、詩人の魂を激しく驚かす性質のものであるかいなか、やがて判断がつくだろう。

ラ・コンシエルジュリーの遊歩場は、河岸側を、アルジャン塔とボンベク塔にかぎられている。ところで二つの塔をへだてる空間は外から見ると、過不足なく遊歩場の横幅を示す。詮索好きな人びとは、売店廊下から破毀裁判所、および今でも聖王ルイの執務室があるというボンベク塔に通ずるいわゆるサン＝ルイ柱廊によって、遊歩場の縦の長さを測ることができる。なぜなら柱廊の大いさはこの大いさと寸分違わぬからである。『密房』と『古金貨』は従って売店廊下の下に当っている。そこで現在の密房の下にある地下牢に入れられていたマリー＝アントワネット王妃は、売店廊下の支えとなっている厚い壁のなかに仕掛けられた、今日では塞がれている恐しい階段を通って、革命裁判所に導かれたのである。なぜなら革命裁判所は、破毀裁判所の厳かな公判の行われる場所で開廷していたからだ。遊歩場の一方の側、つまり二階がサン＝ルイ柱廊になっている方の側は、見渡したところ、ゴート式円柱が並び立ち、いつの時代かの建築家たちが、ここに、できるだけ多くの被告を起居させるために、二層の独房を建て増して、壮麗な柱廊の柱頭、尖弓形の欄間、柱身を、漆喰や格子や嵌め込み工事で、やぼったいものにしてしまった。それらの独房に通ずる螺旋状の階段が、ボンベク塔の中にあるいわゆる聖王ルイの執務室をめぐっている。かような、フランスきっての偉大な記念物に対する凌辱行為の生んだ効果は、見るからにおぞましいものである。

リュシアンの立った高さから見ると、その柱廊と、それからアルジャン塔とボンベク塔とをつなぐ母屋とがななめに見渡された。彼は目のあたり二基の塔のとがった屋根を見た。彼は真からあっけにとられ、感じ入って、自殺はくりのべになった。今日では、幻覚の現象は医学によって十分認められているところであって、このわれわれの感官の見る幻影、この異様なわれわれの理知の能力はもはや異論を入れなくなっている。一つの感情がその強度のために一種の偏執にまで達すると、その圧迫を受ける人間は、しばしば、アヘンや麻薬や一酸化窒素のために陥る状況と同じ状況に入っている。すると、幽霊や幻影が現われ、また夢は肉体を得、破壊されたものがもとの条件と同じ条件で復活する。頭脳のなかで一つの観念にすぎなかったものが、魂のある生き物だの、生きた創造物となる。今日の科学は、このことに関して、頭脳は絶頂に達した情熱の作用の下に充血し、この充血によって覚醒状態における夢のすさまじいはたらきが生ずるのだと信じている。それほど思考を生命を持つ産出力と見なすことは嫌われているというわけだ。(〈哲学的研究〉『ルイ・ランベール』参照)リュシアンは、美しさの限りを示す落成当初の王宮を目のあたり見た。柱列は若くさわやかで、すらりとしていた。聖王ルイの住居がありしままに現れた。リュシアンはそのバビロン風の均斉と東洋風の気紛れとに感じ入った。彼はこの崇高な光景を、文化的創造物の詩的な袂別の言葉として受けいれたのだ。死ぬための手段を講じつつ、彼はかような稀代の宝がどうしてパリに知られずに存在しているのかいぶかった。リュシアンは二人になっていたのだ。一方の詩人のリュシアンは中世にあって、聖王ルイの拱廊や小ぢんまりした塔のかげを逍遥し、一方のリュシアンは自殺の用意をしていた〔寺田透訳〕。

バルザックの小説がもつ幻覚の力は、次の事実によっている。すなわち、知識と思考のあやとがあふれ出て、社会活動に特有な言葉遣いのいろいろな水準から取ってきた文を運ぶ波に乗って、フランス語で小説のなかに流れ出ていくということである。警察の調書、建築学の手引き、医学の概論、または新聞記事、これらが、いま引用した箇所のなかで、上品な語り口に溶け込んでいる。そうかと思えば、他の箇所では、不一致の印象が圧倒的である(たとえば、大地主たちと敵対する貧農たちが、革命派のパンフレットの魚屋風言い回しから借りてきた語を、フィクションの言葉のなかに、はさみ込んで象徴的に表わされている)。

言語および文字表記《エクリチュール》の上でこうした言い回しが武器として有効にはたらくのは、いまここのフランスにおけるさまざまな現実を明確に述べる、制度化した基本フランス語の文が、作動を始めるときなのである。

「自殺は彼が感じ入ることでくりのべられた。」
《Son suicide fut retardé par son admiration.》

バルザックは、『人間喜劇』の多種多様な登場人物たちによって「戸籍簿と張り合う」という野心を抱いていた。スタンダールはといえば、「民法典のように書くこと」を望み、バルザックとは反対に、簡単な文に、これ見よがしの演出を施すことで、作品を組み立てている。そこから数多くの表現の仕方、数多くの生き方が行間に読み取られるべきである。

地下牢の悪い空気はジュリアンにとてもたえきれなくなってきた。しあわせと、彼の死刑執行が知らせられた当日は、美しい太陽が自然を生きいきさせていて、ジュリアンは元気が出た。大気にあたって歩くということは永い航海に疲れた人が陸を歩くときのように、快い感覚であった。(さあ、これで万事都合よし、おれは勇気を失っておらぬ)と思った。彼の頭脳はそのまさに断たれようとする刹那ほど詩的であったことは今までになかった。かつてヴェルジーの森で経験した楽しい瞬間の記憶がいちどきに、しかも極端な力強さをもってよみがえったのであった。

万事はきわめて単純に、型通り進行した。彼としても少しの気取りもなかった（最後のページで「幸福ナ少数ノ人々ニ」捧げられた、小説『赤と黒』の末尾〔桑原武夫／生島遼一訳〕）。

バルザックとスタンダールは、十九世紀のフランスにおける文学創造の両極である。というのも、小説は、当時、文体を創り出す先頭に立つからだ。ヴィクトル・ユゴーの天分は書く《エクリチュール》ことのあらゆるジャンルを超越したところに身を置いていたし、ひとり彼だけの文学流派を作り上げている（詩の観念を刷新したことについては次章参照）。しかし、その一方で、こんにち教えられているようなフランス文学史は、ある種のテキストを、さまざまなジャンルの序列の下位に追いやっている。「キオスク」向け、あるいは「少年向け」の小説のことである。ある種の作家たちは、古典作家たちのごく限られた仲間に入ることを拒まれている。否も応もない、締め出された作家たちの存在が言及されることもなく、当然ながら選別の理由も明らかではない。デュマ、シュー、セギュール、ヴェルヌは、教科書のなかで――掲載されているとして、だが――バルザック、フロベール、ゾラのかたわらで、影が薄いのである。

こうして、フランス人すべてに読まれつづけ、地球上で一世紀以上にわたってベストセラーでありながらも、文学的ではないと見なされる小説が存在する。「マイナーな」作品と混同してはいけない。たとえば、ゴンクール兄弟の作品であるが、これについては、『ラガルド、ミシャール十九世紀文学史』が六ページをあてて、その「自然さの欠如」を指摘している。しかし、この教科書は、ゴンクール兄弟が「洗練された芸術家」であったと教えるのだ。反対に、フランス文学のひとつの分野全体を無視させているものこそ、『三銃士』あるいは『神秘の島』における自然さの効果であり、気取りのなさにほかならないのである。中等段階での学校教育の特徴を示す凝《こ》った表現は、共和国においても、依然、さまざまな言語に恵まれた人びとがこれを権柄《けんぺい》ずくに過大評価することで、芸術的であると見なされる。反面、初等教育の段階に共通する教養の言語を、歴史上、作り出した諸作品に敬意を表するのは、代弁者などもたない、初等教育を受けた数多くの読者たちか、あるいは反体制的な学識者たちだけだ。実際は、民主主義に特有の装置である〈新聞〉と〈学校〉の内部で形作られたテキストの長い系譜が、自由な伝達の権利宣言以来、文学的な務めを果たしてきたのである。ベルカン、ジュシュ、ジュール・ヴェルヌ作の、あるいはペロー、グリム、キップリングの翻案ないしは翻訳の「教育的」小説、「物語」、「小話《しょうわ》」は、十九世紀になると、そして二十世紀になってもなお、中等教育の初等クラスから生れた、普通の読み物の文体を、初等教育で必修の読み＝書きの文体へと変えたのである。十九世紀前半では、新聞の連載小説が大衆の支持を得た結果、その作者たちは、〈新聞〉が産業として変貌をとげる戦略的な時期に、有力な情報言論機関の存否を左右するものとなった。二〇〇〇年をかけて、たとえばアレクサンドル・デュマのような作家たちが、かつての「文芸共和国」のもとで文学が数世紀をかけて到達した、単純さおよび自然さの要求と、まさにいま生み出されつつある読みやすさの要求、つまり単なる伝達の要求との間の橋渡しをしたのである。ヴィクトル・ユゴーの意見は、こうだ――「デュマはヨーロッパを越える、彼は世界的（普遍的）である」。

デュマとは、サント・ドミンゴの富裕な植民者（ラ・パイエトリ侯爵）の庶子が、王妃つきの竜騎兵隊に入るために称していた「ペンネーム」である。共和制下で将軍となるこの軍人と、黒人の女奴隷とから、フランスの最も偉大な新聞小説家が誕生する。アレクサンドル・デュマ（一八〇二～一八七〇年）は、いわゆる冴えない勉学を終えると、十四歳で公証人見習いとなった。ウォルター・スコット、シラー、そしてシェイクスピアが、彼のうちに作家の天性を目覚めさせる。大新聞が彼に成功をもたらす。

当時の果し合いの掟では、ダルタニャンは味方の誰かに加勢することができたのである。眼でずらっと、助けの必要そうな味方を探している中に、アトスの眼差しにふと出会った。この眼差しは、もうはっきりと物を言っている。アトスは助けを呼ぶよりは、むしろ黙って死んだであろうが、眼に物言わせ、眼つきで救いを求めることくらいはできたのである。ダルタニャンは、それを察して、激しく躍りかかって、カユザックの側に叫びながら進んで行った。

「私がお相手しますぞ、護衛士殿」

カユザックは振りむいた。ちょうどいい潮時だった。アトスは、今まで必死の気力でもちこたえていたのだが、がっくり膝をついた。

「そいつを殺してしまわないでくれ。頼むから。おれの傷が癒《なお》ったら、その男と話をつけ直さなければならんのだ。ただ剣を叩き落しておいてくれ。刃をからんで……そうだ。それでいい。見事だ！」

この感嘆がアトスの口から洩れた時、カユザックの剣は二十歩程向うに飛ばされていた。ダルタニャンもカユザックも二人ともそれを追っかけたが、ダルタニャンの方が一瞬早く、剣を足で踏んづけていた。

カユザックはアラミスに殺された護衛士の傍へ駆けよって、その剣をとった。そして、引き返そうとしたが途中でアトスに出会った。アトスはダルタニャンのお蔭でひと息入れることができ、自分の敵をダルタニャンが殺してしまわないかと心配なので、すぐまた、勝負をつづける気だった。

ダルタニャンも、この際たって邪魔するのはアトスに親切でないと、考えた。事実、それから間もなく、カユザックは喉を刺されて倒れた。

同じ時に、アラミスは仰向きに倒れた敵の胸に剣を突きつけて、命乞いをさせていた。

ポルトスとビカラの勝負が残った。ポルトスは虚勢をはり、さんざんふざけて、戦いながら時刻をたずねたり、ビカラの弟がナヴァールの聯隊で中隊長になったことに祝辞を言ったりしている。しかし、こんなに相手を揶揄《やゆ》していながら、勝ちを一気に制してしまうことはできなかった。相手のビカラは、倒れてのちやむといった剛の者だったからである。

しかし、何とか早く埒《らち》をあけなければ、巡視がやってきて、負傷者もそうでない者も、国王派も枢機卿派も一束に、捕えてしまう恐れがあった。アトス、アラミス、ダルタニャンはビカラのまわりを取り巻いて、降参しろとうながした。一人で敵の全部に向いしかも股に傷をうけていながらも、ビカラはなお頑張るつもりだった。が、肱で起き上ったジュサックが声を張り上げて降服をすすめた。ビカラはダルタニャンと同じ、ガスコーニュ生れだから、聞こえぬふりをしつつ、笑っていた。そして、剣の応酬をする合い間に、自分の剣の尖《つき》で地面を指して、

「ここに、(と、聖書の句をもじって)ここに、ビカラは死せんとす、彼とともにありし者達のうちただひとり」と、いった。

「だって、相手は四人だぞ。もうよせ。おれは命令するんだ」

「あ、命令するというのか。では仕方ない。貴公は隊長だ。服従しなければなるまい」

そう言って後へ一飛び下《さが》り、剣を相手にとられないように膝でぽきりと折り、破片を修道院の壁ごしに投げこんでから、腕をくんで枢機卿派の唄を口ずさみはじめた。たとえ敵であっても、勇気には敬意を払われるのが常である。銃士たちはビカラに剣で敬意を表し、さて、鞘におさめた。ダルタニャンもそのとおりして、それから倒れなかったただ一人のビカラに手伝わせて、ジュサック、カユザックそれにアラミスの相手で負傷した男を、修道院の門の下に運んだ。も一人の男は、前にいったように、死んでいた。それから、鐘を鳴らし、五つの中の四つの剣を戦利品として、彼らは喜び勇んでトレヴィル邸に引き上げたのである。

彼らは道を行くのに、腕を組み往来も狭しと闊歩し、出会う銃士の一人ずつに抱きつくなど、おしまいには、凱旋行進のような騒ぎだった。ダルタニャンの心は、歓喜に溢れていた。彼はアトスとポルトスの間にはさまって、二人を交々《こもごも》友情こめて抱きながら、歩くのだった。

「私はまだ正規の銃士ではないが」トレヴィル邸の門を潜るときに、彼は新しい友人達をかえりみて、言った。「しかし、これでどうにか見習いには及第したわけでしょう、ね？」（『三銃士』第五章末尾、〔生島遼一訳〕）

こうした〈やさしいフランス語での語り〉の文体を創造するのに必要な才能が、社会心理学的な深みをもったさまざまな文体を創り出す才能よりも「少なくて」よい、ということはなかった。引用したような一節が、こんにち、小説による伝達の傑作となり、行動文学（冒険小説・推理小説）および映画シナリオの草分けとなっているとしても、驚くにはあたらない。

二十世紀初頭には、フランス文学は、人間生活の絡み合いを象徴する、鬱蒼とした森のようなエクリチュールを形成する。自由な伝達および市民言語の制定は、小説のなかに具体化され、かつて、宮廷語による演劇作品がそうであったのと同じくらい、その世界を力強く表現する。数多くの文体(さまざまな現実を言語で組み合わせることによりかたどる仮構表現)が示しているのは、(誰もが学識があるのと比べて)誰もが読み書きのできるフランス人の共同体における文学的技法の再生なのである。

精神構造を変える人びと、といったスケールをもつ芸術家であるマルセル・プルースト(一八七一〜一九二二年)は、謎に包まれて生み出されたきわめて多くの巻数から成る――バルザックの作品のような――複合作品を実現させる。一九一三年から一九二二年、死後一九二三年から一九二七年にわたって刊行された小説群より成る『失われた時を求めて』は、一九八八年に、未発表作品と異文とをつけて再刊された。バルザックは活動する社会のイメージを創り出していたが、同時に、個々の登場人物に「作り物でない生命のかよった」(プルーストの評)存在を付与している。マルセル・プルーストは、まったく別なやり方で、作家の内面史のイメージを創り上げる。登場人物たちに、また彼らの社会生活に動かしがたいひとつの存在感を伝える。どちらのケースにも、その芸術的な営みにおいてはいかなる主体であれ、あるいは客体であれ、文学技法が問題であるからには、言葉による構築であることに変わりはない。フランス語の作家であるバルザックとプルーストは、一世紀を隔てて、フランス文化を要約し、変容させているのである。

一体、どのようにして(どのような書き方の練習をし、どのような初等文法の勉強をして、どのようなノートのなかで)マルセル・プルーストは、書くことを習得したのか、知りたくもなろうというものだ。プルーストは、『失われた時を求めて』の語り手の文体をこんな「簡単な」文で始めたのである——

長いあいだ、私は夜早く床に就くのだった〔鈴木道彦訳〕。

《Longtemps, je me suis couché de bonne heure.》

時の副詞の微妙なずれ（これは、くだけた話し言葉を暗示するのか、あるいは文学的な紋切り型なのか？）。複合過去形は〔語り手の〕意識化を示し、それはここで並外れた文法的適切さと表現力とを発揮している。なぜなら、『見出された時』の巻まで含めて続く数限りない半過去形・単純過去形・現在形を先導すべく、たった一度きり使用されるだけだからだ。語り手は、きっぱりと一度、自分自身に対して自己を提示したのだ。

しかしながら周知の通り、教養ある家の子弟として一八八二年にパリのリセ・コンドルセに入学したプルーストは、共和国において、言語の点で恵まれた人びとのなかに数えられる。社会の階梯のもう一方の端には、シャルル・ペギーがいる。家政婦の息子として育ち、地方のリセの給費生になり、一八八〇年に公立小学校に入るが、彼もまた、やがてフランスの大作家となり、そして一筆でもって、「数人の女中をもち、同じ身振りをするような第六学級に入るブルジョワの息子」（ペギー、『金銭』、一九一三年）の輪郭を浮かび上がらせる。

二人の運命は対照的である。というのも、彼らは同じ教育機構を経てきているからだ。プルーストはリセで英語を学び、並行して最初の小説を書き、ラスキンの翻訳を行なう（『ジャン・サントゥイユ』は一八九六年から一九〇三年の間に書かれ、『アミアンの聖書』は一九〇四年に訳される）。ペギーはといえば、リセでドイツ語を習得し、ウルム街でヘーゲルおよびマルクスに精通した最初の大学人たちのもとで哲学と政治学の手ほどきをうける。しかし、当時はラテン語がフランス語のパートナーの言語であり、ほかのいかなる言語も遠く及ばない。ラテン語は、旧制度の頃のその普遍性と自然さを失いはしたものの、新制度になっても「人文学」の土台であることに変わりはない。ラテン語は、プルーストにおいても、ペギーにおいても、創作の喜びを覚えるそのとき、習い覚えたことの奥底から、突然浮かびあがってくるのである――

故意にそんな姿勢をとろうと思ってもとれないような自然な姿勢で、ながながと私のベッドに横たわっている彼女は、花をつけた細長い茎をそこにおいたように見えた。そして実際そのとおりだった。このようなとき、あたかも彼女が眠ったまま植物に変わってしまったかのように、私は彼女の不在のときでなければ持ちえない夢見る力を、彼女のかたわらにいながら取りもどすのであった。こうして彼女の眠りは、ある程度、愛の可能性を実現する。ひとりのとき、彼女を思うことはできたが彼女はそこにおらず、私は彼女を所有できなかった。彼女が目の前にいれば私は彼女に話しかけるが、自分自身から遠く離れてしまうので、考えることができなかった。彼女が眠っているときには、もう話しかける必要もなく、もう彼女に見られていないことも分かっていた。もう自分自身の上《うわ》っ面《つら》で生きる必要もないのであった。

目を閉じ意識を失ってゆくにつれて、アルベルチーヌは、彼女を知った最初の日から私に幻滅を味わわせたあのさまざまな人間的性格を、一つずつ脱ぎ捨ててしまった。もはや彼女は草や木の無意識の生命、私の生命とはいっそうかけ離れた、異様な、にもかかわらずいっそう私のものとなった生命によって生きているにすぎなかった。彼女の自我は、二人がしゃべっているときのように、口にされない思いや眼差しを通って絶えずしみ出してくるのではなかった。彼女は外部にあるすべての自分を呼びもどし、その肉体のなかに逃避し、閉じこもり、要約されてしまったのである。その肉体を視線の下、両手のなかにとらえつつ、私は彼女の目ざめているときには感じられないあの印象、彼女を完全に所有しているといった印象を持つのだった。彼女の生命は私に服従し、私に向かって軽い息づかいを発していた。

海の微風のようになごやかで、月光のように夢幻的な、このつぶやくごとくに発散する神秘的なもの、つまり彼女の眠り、私はそれに耳を傾ける。眠りがつづくかぎり、私は、彼女に思いをはせつつしかもなお彼女を眺めることができ、またこの眠りがいっそう深まれば、彼女に触れ、彼女を抱擁することができるのだった。そのとき私が感じるのは、無生物、つまり自然の美しいものを前にしたときと同様に、純粋で非物質的で神秘的な愛情だった。じっさい、眠りが少しでも深まると、彼女はたちまちそれまでの単なる植物ではなくなってしまう。彼女の眠りのほとりで夢見ながら、私は絶対にあきることのない、無限に味わう事もできそうな新鮮な官能の逸楽を感じたが、そのとき彼女の眠りは一つの風景のように思われた。それは私のかたわらに、バルベック湾の満月の夜のように穏やかで、快く肉感をそそる何物かを置くのであった——バルベック湾が湖のように静まり返り、木々はほとんど動かず、人は砂に寝そべっていつまでも引き潮のくずれる音を聞いていたくなるような、そんな満月の夜にも似た何物かを〔プルースト「囚われの女」〔鈴木道彦訳〕〕。

息を吸うことの隠喩として次の文章を引用する——

海辺の空気を吸うためにバルベックのホテルの一室を一日百フランで借りる人があるように、私は彼女のためならそれ以上の金を使うのもごく当然だと考えていた。なぜなら、わたしの頬には、彼女の息づかいが感じられたし、私の口で彼女の口をなかば開かせると、そのとき私の舌には彼女の生命が伝わってくるのであったから〔鈴木道彦訳〕。

息づかい、言葉の意味が、一つの言語（舌）から別の言語（舌）へと移るとき、想像的なもののなかで言葉によって実現される隠喩。息を吸うことが、フランス語の文をそっと持ちあげる。〔ラテン語からフランス語への〕昔の翻訳練習の埋もれていた痕跡が蘇り、初級〔フランス語文法〕のレッスンで叩き込まれた語句の位置〔語順〕(je la trouvais étendue sur mon lit) を自由にして、ラテン語の統辞法による言い回し（《Étendue...je lui trouvais l'air... Présente, je lui parlais...）がとってかわる。市民言語が変身する——消滅するのではなく——、他なるものの言語へと、無意識の、異境の、古代人の言語へと。表徴による物語が、矛盾は承知のうえで、つかまえることのできない現実として描写しようと目指すもの、このものが実際に形となって現われるのは、フランス語で考えられた思想がラテン語の翻訳練習で身につけた成果のなかにはいり込むときである。リセの生徒たちに理解し、構成することを教えた、あの強固な

「つなぎ（言葉）」を道しるべになる標柱として（cum / quand「……している時に」、dum / pendant que「……している間に」、quanquam... tamen / cependant「……ではあるもののその一方では」、quasi / comme si「まるで……かのように」、などのような対応をもたらす言語連合体、そしてとりわけリセの生徒が、倒置したり、句読点をつけたり、行替えをしたりして解読し、フランス語へ移し替えることを学習するラテン語の複雑な文のあの長い宙づり構造）。

したがって、アルベルチーヌの眠りによって表徴されている「このつぶやくごとくに発散する神秘的なもの」を呼び出すに至っているのは、論理的な分析の作業なのである。というのも、この作業（夢のような幻想とは正反対の伝達作用）は、学習の創造力を更新させる復活の訓練なのであるから。マルセル・プルーストのエクリチュールは、青少年期の生成過程を越えて、母語を文法化する——書きとどめる——根底的な喜びにまでさかのぼる、象徴化することの幸福を再発見している。

Ⅳ　詩（十九〜二十世紀）

一七八九年以後、いろいろな言語で革命が起こり、さまざまなエクリチュールの新しいコードが創り出される。ヴィクトル・ユゴーはこう回想する——

ぼくが中学校を出て、反訳練習から、

ラテン語の詩から抜け出たときは、人見知りする、青瓢箪
そしてまじめで、うつむいて、手足もヒョロヒョロ、
理解し、そして判断することに努力しながら、
自然に、そして芸術に目を見開いたときは、周りの言葉は、
民衆と貴族に分かれ、王国然としていた。
詩は君主制。単語は
王侯貴族、でなければできの悪い小学生でしかなかった。
音節はパリとロンドンと同じで
混ざり合ってはいなかった。入り交じることなく歩いている
ポン・ヌフを渡る歩行者と騎乗者さながら。
言語は八九年以前は国家だった。
単語たちは、生まれの善し悪しに従って、身分制の檻のなかに押し込められていた。
一方の貴族たちは、「フェードル」、「イオカステ」に入り浸り
［……］
そうでない連中、多くのルンペン、絞首台送りのならず者たちは
俚語に住みつく。ガレー船送りの奴らは
隠語のなかに。［……］散文と笑劇向きに創り出された。
表現されるのはおぞましく俗な人生ばかり、

下賤で、堕落して、色あせて、俗物で、モリエールにぴったりで。
［……］
そのとき、やくざな、ぼくが来た。ぼくは叫んだ——なぜなんだ
こいつらがいつだって先で、あいつらがいつだって後なのは？
そしてアカデミーに、祖母で遺産付の未亡人、
ペチコートの下に驚きおびえた比喩を秘め隠す、そいつにむけて、
また四角四面のアレクサンドランの軍隊にむけて、
ぼくは革命の風を吹きつけた。
ぼくは古い辞書に赤い縁なし帽をかむらせた。
［……］ぼくはアリストテレスの限る詩法の上に登った、
そして言葉は平等、自由、一人前だと宣言した。
どんな侵略者もまたどんな略奪者も、
あの虎ども、フン族、スキュタイ人、ダキア人も、みんな
ぼくの大胆さにくらべればワンワンでしかなかった。
［……］武器を取れ、散文よそして韻文よ！ 隊伍を組め！［……］
ボワローは歯軋りした。ぼくは彼に言った——没落貴族よ、
黙るんだ！ ぼくは雷と風のなかでこう叫んだ——
修辞法に戦争を、統辞法に平和を！

そしてすべての九三年が勃発した。
［……］言葉を解放し、思想を解放する。［……］
すべての言葉がいま明晰さのなかで舞っている。
作家は言語を自由にさせた［……］
詩は［……］プラウトゥスが、そしてシェイクスピアが
種を蒔いていたのだ、かたや平民の上にかたや暴徒の上に［……］
（ミューズは）ふたたび人間の悲惨さの上に涙をそそぎ始める。［……］
（『静観詩集』一八五六年、所収「告訴状に答える」一八三四年）

逆説じみた話だが、中学校でラテン語により学んだ雄弁術のあらゆる技法で武装した作家が、ラテン語と修辞学とを攻撃するのだ。実際、ユゴーは、無からフランス語の新しい作文をつくりだすわけではない。彼は古い文体（語彙の差別、比喩、詩法）を粉砕する。それは、古い言語連合体の精神（書かれざるものに対して書かれたものが及ぼす、また通俗言語に対して模範としてのラテン語が及ぼす、神にもまごう権威）を退けるからだ。しかし彼は、打ち砕かれたある種の残骸（エクリチュールのある種の方式、以前の意味指示力を抜き取られた文彩の残り）——対照法・隠喩——を、もう一度用いることで、新しい建造物を構築するのだ。

平等を唱える体制のなかで、民主化の進む社会のなかで、さまざまな身分が混じり合い、民衆のなかで変化していくと、〈絞首台送りのならず者（drôle patibulaire）〉というような、絞首刑に処せられてし

かるべき下層平民のならず者をそれまで明らかに指した表現は、もはや昔の古い意味内容しかもたなくなる。それは廃れていくのであるが、しかし〈ブレた象徴〉となることで、言い換えれば歴史を理解するように仕向ける転位のしるしとなることにより、以前に劣らない喚起力を発揮する。

同じく、〈ブルジョワなる語〉は新しい普通のフランス語では、どのように使われるだろうか。さまざまな文脈に応じて、意味内容も変われば、価値も変幻自在の語となるだろう。一九七七年版の『プチ・ロベール』辞典は、語の意味を反意語によって体系的に明示し、〈ブルジョワ〉を、〈平民〉〈貴族〉〈芸術家〉〈労働者〉〈百姓〉〈プロレタリア〉〈庶民〉〈アナーキスト〉〈ボヘミヤン〉〈ヒッピー〉〈はみだし者〉〈革命家〉に対立させている。ヴィクトル・ユゴーの「俗物で、モリエールにぴったりで(bourgeois, bons pour Molière)」という表現は、こんにち用いられる言い方では、意味合いが深い。それは、旧制度下のモリエールの在り様を示すと同時に、一七八九年以後の彼の普遍的な在り様をも指し示している。

いかなる語でも、過去の用法から現在の用法へ、専門的な用法から普通の用法へ、局地的な用法から全国的な用法へと、転位してやまないものだが、こうした転位は、「隠喩」「換喩」など、想像力を誘導するために昔行なわれた「文彩」とは根本的に異なるものである。これからはどのような文脈においても、歴史と夢とをつめ込んだ言葉たちの開かれた風景が立ち現われてくる(「雷と風のなかで」)。〈運動状態にある伝達という新しい美学〉が、文法および文芸批評においてよりも、辞書において、いっそうはっきりと出現する。ヴィクトル・ユゴーは叫ぶ——「ぼくは古い辞書に赤い縁なし帽をかむらせた……統辞法に平和を」。

というのも、「八九年以後」の国民＝国家なるイデオロギー、「共和国の言語」なるイデオロギーがこんにちに至るまで生き延びてきたのは、統辞法の不易性に対する信仰に基づいており、これが語彙の不安定を払いのけ、フランスという人格を象徴し、もって国王＝聖職者の言語なるイデオロギーをそれなりのやり方で引きずってきたからである。第三共和制下のどのフランス語史家も、語彙の分野で「家中引っ掻きまわす大騒動」が起こると統辞法における「規則への回帰」が伴う、と主張した。彼らはそれで満足した。フランスで現在、正書法に対する物神崇拝が見られるのは、このような統辞法崇拝の偏狭な一形態にほかならない。

けれども、十九・二十世紀のフランス文学は、ヴィクトル・ユゴーを先頭に、複雑な文、あるいは単純な文の構造をさえ、おおいに操作したのである。修辞法に戦いを仕掛けるにあたり、ユゴーは必ず、こんにちの文法学者が〈複合体導入子（introducteurs de complexité）〉と呼ぶ文法的手段を動員する。ユゴーが創作に使うフランス語のなかで統辞法の発揮する効果は、その語彙の効果に匹敵する。それは旧制度の言説の完敗を象徴するものであり、このことは修辞的な誇示（「……とき……とき……そのとき」）――ラテン語から取られた技法のひけらかし――が、フランス語の単純な表現の噴出によってめちゃくちゃにかき乱されていることからも明らかである。

先に引用した詩〈告訴状に答える〉は、バランスのよい演説調の順序正しい連なりではない。それは会話の言語がもつ言葉遣いの自由を暗示するために、雄弁術・古典的論証術から受けついださまざまな形式を断固として打ち砕く。

一行目《ところで、このぼくなのだ［……］／二九行目　話そうじゃないか。／／ぼくが中学校

を出て、反訳練習から》〔……〕

作詩法の諸規則は、ラテン＝フランス文学の歴史を通してずっと、権威ずくの韻律、話し言葉を超越した、天上から降りてくる掟を体現してきていた。韻を踏んで置かれた語が語義の方向を決めていた。規則の例外──句跨がり、自由詩行の使用──は、どれも、例外を正当化する補足の解釈を促していた。ラ・フォンテーヌはライオンにこう言わせていた──

この私にもときどきはあったのだ、食べること（manger）が、／羊飼い（berger）を。
《**Il m'est même arrivé quelquefois de manger**
Le berger.》

この詩行では詩行の規則違反が、意味のレヴェルに反響を及ぼしている。すなわち過ちの重大なこと、獣の貪欲さ、支配者の特権、予測される無罪放免である。ヴィクトル・ユゴーは、コードに従わない。彼は、十二音節のある詩行から別の詩行へ、句跨がりというより〈踏みにじり（empiétement）〉とでも称したほうがいいことを実践する。なぜなら、彼の詩句は、空白を越えていくかわりに、自然にあふれ出るからであり、フランス語の文を、その意義とともに脚韻の法則に従わせるかわりに、機会があれば次の詩行へと強引に踏み越すことにより、簡単なフランス語の文をものしていくからである。脚韻にはおあいにくさま！　というわけだ。この巧妙な、権威ずくの逆転は、新しい流儀の句読法を伴っている。

ぼくが中学校を出て、反訳練習から、
ラテン語の詩から抜け出たときは、人見知りする、青瓢簞、
そしてまじめで、［……］
《Quand je sortis du collège, du thème,
Des vers latins, farouche, espèce d'enfant blême
Et grave》[...]

カンマは接続詞〈そして（et）〉に結びついて（この万能の結合語は、ラテン語の手本に合わせて、従位に置くかわりに対等に並べる、フランス語の構文のずっと以前からの典型的なものになっていた）、近代語の効果を生み出している。

フランス詩は、ユゴーにおいて、個別の表現として求められた国語が自立したことを誇らかに示している。と同時に、それがパートナーとなる諸言語に新しく開かれたことを明言している。「soupire（溜息をつく）」が〈Shakespeare〉と韻を踏むかと思えば、よそでは「entra（入った）」が〈Cintra〉と韻を踏んでいる。フランス語、英語、ラテン語、聖書、これらの語が足並みを揃えて、共通語の創作のなかに入っていく——

〔詩は〕プラウトゥスが、そしてシェイクスピアが
種を蒔いていたのだ、かたや平民（la plebs）の上にかたや暴徒（le mob）の上に。
それが諸民族に注ぐのはヨブ（Job）の智慧〔……〕

《[la poésie] que Plaute et que Shakespeare
Semaient, l'un sur la plebs, et l'autre sur le mob;
Qui verse aux nations la sagesse de Job[...]》

ユゴーは、「眠れるボアズ」において、フランス語には不自然だが、ペアを組むために、ありもしない固有名詞をひねりだすまでに至っている――

ものみなが安らいでいた、ウルでもジェリマデトでも
〔……〕そしてルツはいぶかるのだった〔……〕

《Tout reposait dans Ur et dans Jérimadeth〔-dait で韻を踏む〕
[...]et Ruth se demandait》[...]

新しい詩（『東方詩集』一八二九年）、新しい小説（『アイスランドのハン』一八二三年、『死刑囚最後の日』一八二九年、『クロード・グー』一八三四年）、新しい批評（『クロムウェル序文』一八二七年）の開拓者として、ユゴーは、フランス文学を新しいヨーロッパのなかに再生させた。彼が案出した新しい書法、それは新

聞、公教育、国際的な出版社をとおして、さまざまな自由思想を伝えていくのである。

一八八〇年代に、初等教育を土台として〈学校〉を強固に制度化する法律から出発して、ユゴーの文体の影響は、暗唱、書き取り、作品要約、流暢な朗読、作文と小論文、創作を促す競争心、文芸批評の、あらゆるレベルに及んだ。しかしながら、新制度の実現それ自体が別の詩人たちの誕生を引き起こしていたのである。

一八六五年、寄宿学校で八歳から十一歳まで初等教育を受けた、優等生の十一歳の子供が、シャルルヴィルの高等中学校に給費生として入学する（彼は大尉の息子である）。

寄宿学校はできるだけ公教育に歩調を合わせていたし、また、その初等クラスは中等教育に残る初歩の「下級クラス」に歩調を合わせていた。この「下級クラス」が募集および教授法のうえで勢いを失うのは一九六〇年になってのことである。ラテン語は、国公私立の高等中学校の下級クラス第二段階に入る二年前に始まっていた。アルチュール・ランボーのとびぬけた学力は、高等中学校入学に際し、おびやかされただろうか。少年は耐えることができなかったのだろうか、母親に自分の勉強ぶりを監視されることに、自分に押しつけられるプチブル的な未来に。

高等中学校の初年度（第六学級）の期間に、ランボーは、物語の書き出しである『プロローグ』をノートに書くが、これは失われずに残り、ランボーの校訂版は、これを二十世紀に伝記資料として提示している。一八六五年の一高等中学生における、さまざまな言語からなる、想像力についての異例の記録なのである。彼は、壮大な文化の担い手であり、自らの仮構するフランス語を創り始めた、未来の作家なのである。

プロローグ

I

太陽はまだ熱を送り届けていた。けれども、もうほとんど地上を照らしてはいなかった。巨大な丸天井の前に置かれた松明《たいまつ》が、弱々しい微光でしかもはやそれを照らすことがないように、大地の松明である太陽は、その炎の身体からかすかな名残りの光を放ちながら、消えてゆこうとしていた。しかしそれでもまだ樹々の緑の葉や、しおれてゆく小さな花々や樹齢数百年の松やポプラや樫の巨大な梢は照らして見せていた。〔第二の演説調の文がこのパラグラフを閉じる〕。

II

ぼくはこんな夢をみた……一五〇三年、ぼくはランスに生まれたのだった。

当時のランスは、小さな都市《まち》というか、むしろ大きな村といった方がよかったが、しかしクロヴィス王の戴冠式を見守った、その美しい聖堂のおかげで有名であった。

ぼくの両親はつつましい暮しをしていたが、とても正直な人たちだった。〔……〕ぼくは勉強は好きでなかった〔……〕それなのに父は、ぼくが十歳になるとすぐに学校に入れてしまった。なんのために——と、ぼくは考えたものだ——ギリシア語やラテン語を勉強するんだろう。ぼくにはそれがわからない。要するに、そんなものは誰も必要とはしていない。このぼくには、試験に受かろうが、受かるまいが、どっちだっていい……受かったって何の役に立つんだろう、何の役にも立ちはしない、そうではないのか。いや、ちょっと待ってみよう。試験に受からなければ、職が得られないとみんなが言う。ぼくは、職なんか欲しくはない。ぼくは金利生活者になるんだ。たとえ何らかの職を得たいと願ったとしても、どうしてラテン語を勉強しなければならないんだろう。誰もそんな言葉を喋ったりはしない。時折、新聞でラテン語にお目にかかることはある。けれども、ありがたいことに、ぼくは新聞記者なんかになるつもりはないのだ。

「……」歴史だって、シナルドンや、ナボポラサルや、ダリウスや、キュロスや、アレクサンドルや、その他おおぜいの何ともややこしい名前で際立っているお仲間たちの生涯を学ぶことは、拷問にもひとしい苦しみではないのか。

アレクサンドルが有名であったことが、このぼくに何のかかわりがあるというんだろう？　何のかかわりもありはしない……ラテン民族が存在したかどうか、どうして知り得よう？　あれは恐らく、でっちあげの言語なのだ。かりにラテン民族が存在したとしても、ぼくが金利生活者になる邪魔をしないでいて欲しい。自分たちの言語は自分たち専用にとっておいて欲しいのだ。こんな拷問にもひとしい苦しみをなめなければならないような、どんな悪さをぼくがしたというんだ？

ギリシア語に移ろう……この薄汚い言語を喋るやつなんか、ひとりもいやしない、どこにもいやしないんだ！…ああ！　こん畜生めのこん畜生！　畜生！　ぼくは金利生活者になるんだ。教室の椅子でズボンをすりへらすなんて、何ともぞっとしないことだ、こん畜生めのこんちきめ！

「……」ああ！　こん畜生めのこんこんちきめ！　以下次号。

アルチュール〔中断符は原文のまま。［……］の部分は引用者略（宇佐見斉訳）〕

ラテン語を「作り上げられた言語」だと罵倒するこの高等中学生は、熱心にこれを学ぶ。一年間で第六学級と第五学級をすませる。十四歳のとき、ラテン語の課題——散文および韻文——を作文するが、これが、文学を使命とする主題を実に適切に扱っていたので（木々の下でまどろむ子供が、アポロンから詩の才能を恵まれる）、ドゥエ学区の『公報』に掲載される。十五歳のとき、ランボーは『ラ・ルヴュ・プール・トゥス』誌に「孤児たちのお年玉」というフランス語詩を投稿するが、この詩は、ヴィクトル・ユゴーの後塵を拝している。一八七〇年、一人の若い修辞学の教師が彼をパリの文学運動へ導き入れ、左翼の人たちに引き合わせる。ナポレオン三世の戦争、コミューンの鎮圧。家出、投獄、北方へ向けての旅、東方の海。やがてコーヒー、織物、象牙、武器といったものを扱う、あぶなっかしい仲買人となり、エチオピアの探検者となるこの逃亡者の生き方を、ここで要約することはしない。

十五歳から二十歳にかけてランボーは、十歳のときのあの『プロローグ』を書きつづける。免状を取って下っ端の職に就くことも、物書きを職として身を落ちつけることも、拒む。彼は、古代の暇人の現代版たる金利生活者になることを夢見つつ、いろいろな言語を修得するうえでの、さまざまな拘束と戦う。自分自身の「作り上げられた言語」を創造することによって、である。

ところで、ランボーのこの文体は、百年後、フランス文学の模範となった。それは、現在の嗜好の在り様を示すものであり、その結果、ユゴーその人の文体も（「古びた形式に締めつけられた」とランボーは言う）、ボードレールその人の文体も（「ひとり悦に入っている形式はさもしい」とランボーは言う）、以来、時代遅れのものとなる。ユゴーとボードレールとをコルネイユとラシーヌとから分ける断絶も、ランボーと旧制度あるいは新制度を代表するすべての古典作家たちとの間に穿たれた溝の深さには及ばないと思われる。ランボーは、フランス文学の千年来の理念と主要な形式を、すなわち、思想を知的に伝達することを、説得が旨とされる言説の構築を拒絶する。

永遠

あれが見つかった
何が——永遠
太陽とともに去った
海のことさ

見張り番の魂よ
そっと打ち明けようよ
あんなにもはかない夜と
燃える昼とについて

世間の評判からも

月並みな方向からも
おのれを解き放って
自由に飛んでゆくがいいのだ

なぜなら　サテンの燠よ
ただお前だけから
義務は立ち現われるのだ
ついに　などという間もなしに

そこでは望みという徳も
復活の祈りも無用だ
忍耐をともなう学問
つまり責め苦こそが必定《ひつじょう》だ

あれが見つかった
何が――永遠
太陽とともに去った
海のことさ

（一八七二年の韻文詩篇、のちに公刊の文集『イリュミナシオン』に所収、〔宇佐見斉訳〕）

傑出した芸術作品の例にもれず、ランボーの作品は、文化の実験的な試みのただなかにあってその独自性を際立たせている。彼は、詩人としての仕事で孤立するどころか、「高踏派詩人たち」、「象徴派詩人たち」のあいだに位置を占める。ファンタン・ラトゥールが一八七二年に描いた、『テーブルの一隅』という、詩人たちを想像の上で一堂に集めた絵のなかで、ランボーはヴェルレーヌのかたわら、ボードレールの注視のもとに描かれている。「錯乱」と「眩暈」、理性の喪失が、取り組まれるべき主題となる。マラルメ（一八四二〜一八九八年）は、エクリチュールのもつ力を一種の苦行と見なすことに彼の天才を発揮するだろうが、その苦行は、言語活動からあらゆる共通の意味を果敢に奪い去っていく。このことは、文学だけでなく、絵画、彫刻、そして音楽もそうなのであり、全ヨーロッパ文化が、大衆に宏め、伝えるその使命に疑いを抱くようになっていく。

政治的・社会的なさまざまな革命に結びつくこの文化革命の全体的な問題は、これまでしばしば分析されてきた。けれども、文化として産み出されたもののもつ意味に、言語制度を変換することがどういう影響を及ぼすのかは、充分に検討されたとは言えない。つじつまの合わない遅れだが、このことは、市民言語（小学校のフランス語）の確立が、国民の共同体のなかに、前例のない普遍的な伝達の形式を発動させると同時に、これまた前例のない空隙を引き起こした事実と、まったく同じ逆説なのである。フランス人であれば誰もが同じフランス語で考えること（読み、書くこと）が当然できるはずの時代に、ほとんど乗り越えることの不可能なある種の差異のために、それが妨げられ、その結果、「あるものが他のものよりもいっそう平等である」(オーウェルのイギリス流ユーモアにより暴露された民主主義の欠陥)といったことになる。

社会文化の不平等は、〈公教育〉の法の精神に反して、さまざまな制度そのもののうちに、書き込まれる。金銭上の障壁(有料の中等教育)と教育内容(初等教育から締め出されたフランス語のパートナーとなる諸々の言語・文学)とは、文化程度の異なる階層の交流を許さない。型にはまったおびただしい決まり文句、言語の支えを抜き去られた神話、こういったものが初等段階でふんだんにばらまかれる結果、ブルジョワのエリートらが、彼らの複雑な言語を国民の間にゆき渡った慣行につけ加えることが可能となる。どんな言葉遊びも、これからは、「ひとひねりして(au second degré)」(この慣用句の記載は一八九〇年頃)了解されるだろうし、「字義どおりの意味」の平板さを免れない「即座のわかりやすさ(premier degré)」は、問題にもされなくなるだろう。同じように、新しいエリートらは、カフェ・コンセールで怪しげな連中と付き合いだし、そういう形をとった都会の芸術が世に広まっていくが、これに対して、図書館・美術館通いをする者はごく少数になる(こんにちでは〈ロックンロール〉は「必須《マスト》」だが、図書館通いはさほど増えてもいない)。

ランボーの『永遠』は、カフェ・コンセールのはやり歌とヨーロッパ文化の最も高度な思想とを同時に担う、まさしく、言語による仮構である。啓示的で、詩的で、そして予言的な作品だ。というのも、それが表明するのは、伝達の欠如なのであり、この欠如は、まもなく共和国の〈学校〉から生まれる、フランス語における伝達の要請によって露呈されることになるからだ。「〈何が?〉の問いから動詞の主語を見つけること」が、一体何の役に立つというのだろうか。もしも、こうした処方、内実のない型どおりの方式が、理性に対して、言語による抽象を理解することも、また、言葉に異文化間の意義を自覚的に与えることも許さない、とするならばである。

『フルーリのきぬぎぬの歌』以来、学識ある人びとによって力を注がれてきた幾世紀をも経ての後に、共通言語を創り出す困難さが、二十世紀初めの市民としての小学生たちのうちに、また突然現われる。問題は、諸言語への分配（分割プラス統一）を象徴するエクリチュールを、新たに創り出すことである。ランボーの詩が、世界と同じように古い神話（海と太陽、上部と下部）をあらためて取り上げているのは、驚くにあたらないだろう。彼の仮構言説が、支離滅裂と紙一重のちぐはぐな効果によって、夢想と反省とを呼び起こしているのも、当然であるだろう。

先に読んだところの『永遠』を書き終えた一年後、ランボーは『地獄の季節』を書くが、これは散文と韻文とが入り混じる長い物語であり、詩人が自らの生誕の呪いから逃れようとする願いを、暗に示している（彼は十歳のときの〈ノート〉による冒険を再び開始する）。彼は「作り上げられた言語」によるさまざまな体験をふりかえり、『永遠』に注釈を加えて、これを書き直す――

歓びのあまり、私は思いっきりおどけて取り乱した表現をとってやった。

あれが見つかった
何が？　永遠
太陽と溶けあった

海のことさ

ぼくの不滅の魂よ、
おまえの誓いを守るがいい
独り身の夜と
燃える昼にはおかまいなしに

従って　世間の評判からも
月並みな方向からも
おのれを解き放って
気ままに飛んでゆくがいいのだ……

——望みもなければ
　復活の祈りもない。
学問と忍耐　つまりは
責め苦こそが必定《ひつじょう》だ

もはや明日はない

サテンの燠よ
　おまえの灼熱こそが
　果たすべき務めなのだ

あれが見つかった
――何が？――永遠
太陽と溶けあった
　海のことさ

私は奇想天外なオペラになりおおせた。存在するすべてのものが、幸福という宿命を背負っているのを見たのだ。［……］

（『地獄の季節』所収、「言葉の錬金術」〔宇佐見斉訳〕）

二番目のヴァージョンは、はじめのほどには常識を受けつけなくはない。それは理路、観念の一貫性、対立するやりとりを、念入りに仕上げている（筋道の立った句読法、詩節・詩行の配置換えによって。さらにまた、語彙＝統辞法の突飛さを削除することによって、ただし、いちばん肝心な奇抜な表現〈orietur〉（復活の祈り）はそのままだが）。

最初のヴァージョンの《l'aveu de la nuit si nulle（告白を／あんなにもはかない夜の）》と、次のヴァージョンの《ton vœu malgré la nuit seule（おまえの誓いを／独り身の夜にはおかまいなしに）》とが、仮構して再現するのは、自分にはその意味をたどることのできない古い言語（orietur）の文をフランス語にあてはめようと努力する生徒の困惑である。そしてまた、この一八七二年から一八七三年に作られた文体が、詩人の夢想するフランス語作文のなかのラテン語を一語含むことは、偶然ではない。小学校の作文レヴェルでは理解できない語だが、高等教育の小論文レヴェルならとても意味のある動詞（〈orietur＝彼ハ立チ上ガルデアロウ〉、神話および福音書の約束）なのである。さらにまた、「はかない」夜が「独り身の」夜の書き換えであるのも、偶然ではない。十九世紀に、いや二十世紀にもなお、ラテン語により、また修辞学により教育されたヨーロッパ人であれば、「独り身の夜」とあるのを読んで、ウェルギリウスの詩句「彼ラハ独リ身ノ夜ノモトヲ暗ク歩ンデ行ッタ」《ibant obscuri sub sola nocte》を誰もが思いついたものであるが、それはこの詩句が「代換法」と呼ぶ文彩（文中の語句の位置を入れ換えること。「彼らは独り身の夜のもとを、暗く歩んで行った」→「彼らは暗い夜のもとを、孤独に歩んで行った」）の模範的な例であり、『アエネーイス』の〈冥府下り〉から抜き出した翻訳練習には必ず出されるものだったからである。こうしたわけで、孤独の地獄のイメージは、ラテン叙事詩の主人公にあっては普遍的な使命のイメージに結びついていたのが、ランボーにおいては、明晰でもありあいまいでもあるフランス語のヴァージョンへと移行している（それは高度な文化の所有者である学識者たちにとっては、権利要求をあいまいながら含み、と際立たせ、ラテン語の翻訳から閉め出された読み書きのできる人びとにとっては、彼らの特権をはっきりそして万人にとっては、言語のもつ力の矛盾のしるしなのである）。

しかし今回は、革新は、なによりもまず、これまでしっかりと引かれていた数々の境界を乗り越えることに由来する。散文の知的伝統と詩のそれとの間、さまざまな文学ジャンルの間、ひとつの作品がもつ相異なる状態の間にある境界を、である。これからは、どのように文学作品を特徴づけるべきであろうか。どのようにして作品の原本を判定すべきか。どうやって作者と読者を分かつべきか。どのようにしてエクリチュールを教え、伝えるべきだろうか。語を文字通りの意味にとらなければならないのか、比喩的な意味にとらなければならないのか。レーモン・クノー、レーモン・ルーセル、ジョルジュ・ペレックらが、二十世紀に、こうした不安を呼び起こしていく。

V　思想を翻訳すること（二十世紀）

フランス文学は、およそ一二〇〇年前、『ストラスブールの誓約』から誕生した。本書で、無数の作品を通して取り出されているのは、エクリチュールの本質的な争点、すなわち、霊的まじわり《コミュニオン》のしるしと異なる共同体間における伝達手段の発明である。かくも豊饒な〔フランス文学の〕この歴史をたった一言に約《つづ》めるなら、〈翻訳すること〉、これである。

八四二年二月十四日、二人の王が、自分たちの同盟を二つの言語に翻訳した（めいめいが相手の言語を用いて）。こうすることで、王たちは、自分の臣下をはっきりと画定することができた（民衆は王侯の言語で王侯への忠誠を誓ったのである）。『誓約』の二つの言語は、そのとき、王たちの水準からすれば複数の国が関わるものであったし、臣下の水準からすると自国が関わるものであった。そして、文字表記《エクリチュール》の学問を（ラテン語で）占有する人びとの水準からすれば卑俗な（言い換えれば、雑多な人びとの粗野の特徴を示す）ものであった。聖職者たちだけが、王たちが発表し、民衆が受けとる翻訳文を、理解していた。二十世紀末になると、フランスの市民たちは、自分たちの言語のあらゆる水準から舞台に立って役を演じる当事者になった。その力量がまだ最低限なものであっても、それでもとにかく責任を負う当事者。どの国になるのかは、まだはっきりと決まらないが、それでもその相手役《パートナー》を演じる当事者に、である。

政治によって、文法と言語学における探求によって、習俗および教育法で実現された二〇〇〇年に及ぶ諸変革を経て、フランスの公教育は、「外国の」言語の教育を小学校に普及させようとしつつある。フランス語のパートナーとして、どういった種類の言語が、はじめて知識を授ける際に、将来、必修とされるだろうかは、はっきり見通すことはできない。ギリシア＝ラテン文学は、ヨーロッパ諸言語の礎が築かれて以来、その共通のパートナーであり、それら言語の意義があまねく準拠する古くからの基準だが、一体、それが初等教育のなかに翻訳される手段はあるのだろうか。このことはとうの昔に実現されている、と考える人がいるかもしれない。文法的なフランス語の教育は、すでに文学テキストをもとにして行なわれているし、文学テキストの仮構フランス語には、ラテン語の痕跡が見られるからだ。ラ・フォンテーヌにおいてそうであり、プルーストにおいてそうである。

カラス先生、木の枝にとまり
チーズをくちばしにくわえてた。
キツネ先生、匂いをかぎつけ、

やってきて、こんなふうに言った。
「おや、こんにちは、カラスの殿さま〔……〕
あなたこそこの森に住むフェニックス。」〔……〕
（ラ・フォンテーヌ『寓話』巻の一、「2　カラスとキツネ」〔今野一雄訳〕ただし文脈に合わせて一部変更）

Maître Corbeau, sur un arbre perché
　Tenait en son bec un fromage.
Maître Renard, par l'odeur alléché,
　Lui tint à peu près ce langage:
《Hé ! bonjour, Monsieur du Corbeau [...]
Vous êtes le phénix des hôtes de ces bois.》[...]

共和国の小学生たちの世代が、旧制度の特権者たちの世代の後をうけて学んだのは、「木の枝に《sur un arbre》」「くちばしに《en son bec》」「匂いを《par l'odeur》」という句を直観的に切り離して、「カラス先生とまり《Corbeau perché》」「チーズをくわえてた《tenait un fromage》」というように、フランス語として意味の通る構造を直観的につかむことであった。同時に、ラテン語の構文、状況補語（別の文脈であれば目的補語あるいは名詞補語）が、その限定する語の前にくることを学習するのであった。ある言語の規範が、別の言語の規範と比較することによって理解されるのである。一八八〇年頃のフランスの小学校で必ずやらされた練習問題のひとつは、「（ヴィクトル・ユゴー、ラ・フォンテーヌなどの詩を）

散文に訳せ」というものであった。現行の発声法の練習も類似している。「フェニックス」という語からは異国風の声音が聞こえるのだ。

しかし、書き記された諸言語の連合が、どのようにして作り上げられ、どのような歴史をもつのかは、現在のフランスでは明瞭ではない。言ってしまえば、言語と文学の教育に、こうした連合を隠蔽する傾向があるのだ。フランスにおけるフランス文学の教育は、合理性を欠いており、教育的というよりはむしろ空想的なものだ。ラ・フォンテーヌの『寓話』についてみれば、道徳的問題、ルイ十四世の宮廷に関する知識などを思い描いて悦に入るばかりで、ラテン語の練習をフランス語で作り直すことをもとにして、すべての筋立てが存在するようにさせる言語による加工は無視されている。「フランス古典主義」の時代にラ・サブリエール夫人の館でラ・フォンテーヌによって利用された文学作品であろうと、あるいは初等段階のフランス市民向けにジュール・フェリーの下で考案された「文学練習」であろうと、そうだ。これと同じように、ユゴー、マラルメ、あるいはイヨネスコの作品が芸術作品として認められるとき、フランスの現行文学教育は、〈ラテン語の問題〉および表現する能力が規制される問題を棚上げしている。その一方で、過剰なくらい利用されるのは、お決まりの家庭像（これらの天才たちは愛されることが充分ではなかったのか？　娘、息子を失ったのか？）であり、複雑な形式主義（対句はなにか？　変異はなにか？）である。どの考察も、それはそれなりに、問題をはっきりさせ、反駁の余地のないものであるが、伝達にかかわるさまざまな問題がはっきりと立ち現われるような、そうした環界でなら、それらの考察もより意義深いものとなるかもしれない。それは、作家たちの伝記、交換の社会学、エクリチュールを前にしての苦悩あるいは高揚を、言語連合体の認識に結びつけようとするときのことである。

二十世紀に作り上げられ、二十一世紀には文学を見る新しい眼により「傑作」と評価されるであろうような仮構されたフランス語は、新しい相互理解の体制を創り出すかもしれない。新しい翻訳の体制と言ってもよい。つまり、さまざまな他の言語の新しい翻訳、歴史がたくさん詰まったテキストの新しい理解、歴史の証人である作者＝読者のもつ新しい思想ということだ。

ランボーあるいはマラルメの名を冠する〈難解な翻訳の美学〉は、こんにち、フランス語文化のなかで盛んである。しかし、自由な伝達の美学がその基本であることに変わりはないのである。いたずらに慣例に従うばかりの偽善に対抗して、そこに表現されているのは、翻訳することへの強い要求にほかならない。同じ要求に従って、〈翻訳不在の美学〉、あるいはいっそ、〈翻訳誇示の美学〉と言えるようなものが存在する。言語連合制度のなかで、テキストを複数の言語に翻訳したものを、挑発的なやり方で誇示する文学傾向のさまざまな形式を、そう呼ぼう。いくつもの言語を用いるマスメディア、および学校の書物を材料にして想像力を働かせる翻訳のことである（第三章第Ⅱ節を参照）。

たとえばポール・クローデル（一八六八〜一九五五年）は、あらゆる種類の文体――難解な、平明な、複数言語による――を産み出した。何と言っても、彼はこんにち、キアロスクーロで見事に書かれた〈劇〉と〈讃歌〉の作者である。しかしまた、彼は、曾仲鳴《ズンツンミン》の文集をフランス語と英語とに訳した抜粋集『中国人による小さな詩』を『ルヴュ・ド・パリ』に発表（一九三九年八月十五日）した。次いで、書体が競い合うようにして日本語とフランス語とで同時に著わされた『百扇帖』を刊行（一九四二年）。『都々逸《どどいつ》』という日本語の書名でもって、二六篇の日本語の詩を英語とフランス語とで照合させた――

きりぎりす

お声はすれども
姿は見えぬ
主《ぬし》は草葉《くさば》の
きりぎりす

The unseen one

I cannot see you
But I can hear you
Just like a cricket
Making his racket
Hullo pick a boo!
Kirigirisu!

Cou-cou

On vous entend bien
Vous voir pas moyen!
Ainsi dans son trou
Le grillon cou-cou!
Kirigirisou!

（パリ、ガリマール、一九四五年）

それぞれの意味の取り方は、言語連合体のなかの読み書きのできる人でも、一つ、二つあるいは三つの言語にさえ、同じ程度に通じているか、まちまちであるかに応じて、異なるだろう。これらのテキストは、いままでクローデルの作品のなかで周辺的と見なされてきた著作であるが、おそらくは近い将来、『繻子の靴』以上に古典的なものとなり、子守歌のリズムのように——ラ・フォンテーヌの『寓話』、ロベール・デスノスの『歌物語』（一九四五）と並び——基本的なレベルに組み込まれるだろう。

このように複数の言語を舞台に登らせることは、さまざまな解釈によるテンポの早い演技に有利な短い形式に適している。このことは、フランス語を国内のいくつかの言語のひとつに結びつけているギルヴィックの作品に見られる。ピエール・ジャケ・エリアスの『Askennou』（パリ、レ・ゼディテール・フランセ・レユニ、一九七五年）は、ギルヴィックの詩集『刻み目』（Encoches）をブルトン語に訳したものである。

朱
橋

La
rose

J'ai franchi
sur un pont de corail
quelque chose qui ne
permet pas le retou
r

薔薇

わたしは越えた
珊瑚の橋の上で
帰還を許さぬ
なにものかを

花
酒

Une
rose

d'un rouge si fort
qu'elle tache
l'
â m e
comme du vin

牡丹花

その赤さ
あまりにもつよくして
葡萄酒さながら
人のこころに汚点《しみ》つくる
〔山内義雄訳〕

双
白

Une
pivoine

aussi blanche
que le sang
est
rouge

血の赤さ

それにおとらぬ
牡丹の白さ
〔山内義雄訳〕

小石

もいちどここに来ておくれ
きみを聖別するから　小石よ

円卓の上　光の中
きみにぴったりの所で、

ぼくたち　凝視《みつめ》あおう
あたかも　それは
けっして終わることのないためであるかのように。

ぼくたちは醸し出していくだろう
わずかに残るゆるやかさを。

Caillou〔フランス語〕

Viens encore une fois

Men〔ブルトン語〕

Deu aman c'hoaz eur wech

Te consacrer caillou	D'en em ouestla da ven
Sur la table dans la lumière	War an daol e-kreiz ar
Qui te convient,	skerijenn / A zo diouzout,
Regardons-nous	Sellom ouzom
Comme si c'était	E-giz pa vefe
Pour ne jamais finir.	Da jom heb echui morse.
Nous aurons mis dans l'air	Lakêt or-bo en hêr
De la lenteur qui restera.	Eur horregez hag a bado.

ブルトン語でさえも（だからこそ?）、たとえ理解できなくても、それが存在することで、さまざまな思想の世界が動き出す。アンリ・ミショーのパッチワークのフランス語も同様である――

Articulations

《Et go to go and go

Et garce!
Sarcospèle sur Saricot,
Bourbourance à talico,
On te bourdourra le bodogo,
Bodogi.
Croupe, croupe à la Chinon.
Et bourrecul à la misère.》

（『夜動く』、一九三五年）

こうした例をさらに増やすことはできるだろう。今世紀初頭から、秘められた、凝りに凝った、特定の仲間内にしか通用しないのではないかと思われる文学作品が、実際には、エクリチュールのさまざまな記号表現を具体的に操作することから、作品の存在を際立たせ、あらゆる効果を引き出している。また、これらはすでに、新しい「学校の先生たち」（かつての「小学校教諭」）の実習においても、大学のなかに設けられている「文章教室」の練習におけるのと同様に、素材として役立っている。

同じく歴然とした事実であるが、〈コマーシャル〉およびポップスの歌詞は、フランスのシャンソンと連載小説に取って代わったし、文学活動の先端商品となったために、「前衛」などというエリート主義的な観念を拭い去ったのである。〈推理小説〉は、フランス語でもって地球規模で、以前なら恋愛小説、あるいは冒険小説、あるいは歴史小説が担ってきた役割を果たしている。国際的な伝達手段を提供しているのである。

アメリカの詩人にしてジャーナリストでもあったエドガー・アラン・ポー（一八〇九〜一八四九年）がフランスで読まれていたのは、マラルメが訳し、マネが挿画をつけた詩「大鴉」によってではなく、『グロテスクな物語とアラベスクな物語』（一八三九年）のボードレールによる訳『世にも不思議な物語』（一八五二〜一八五七年）によってであり、この訳が『悪の華』（一八五七年）の創作に伴ったのである。でなければ、フランスの詩人が『三銃士』の作者とくらべられることを受け入れはしなかっただろう。彼の「現代性《モデルニテ》」が抱いていた野心は、連載小説作家の抱く野心とは別であった。ところが、ポーは、詩を含むすべてを、グラビア雑誌に発表していたのである。『世にも不思議な物語』は、ヨーロッパ文学のなかに「犯罪小説」または「推理小説」を導入し、これが物語の技法を当世風にマッチさせたことで、「歴史小説」あるいは「恋愛小説」に匹敵する広範な地位を、大衆のなかに占めていく。

ポーは、イギリスで立派な人文主義教育を受けていた。合衆国に生まれ、そこで死んだ彼は、一度もフランスの土を踏んだことはなかったが、『モルグ街の殺人事件』の舞台はパリであるし、フランス語およびラテン語は、彼の文章のなかにしばしば姿を見せている。


「この恐ろしい怪奇事件の手がかりは、まだまったくない模様である。」

翌日の新聞には次のような詳報がのっていた。

「《モルグ街の悲劇》。——この驚くべき異常な事件に関し、多くの人びとが取調べられた。」（「事件《アフエール》」という言葉は、フランスではまだ、わが国でのような軽薄な意味になっていなかった。）「しかし謎を解決するようなことはまだ何一つ知られていない。以下に記すのはこれまで得られた証言のすべてである。」

（ペンギン・ブック、一九六五年、『物語・詩』、一九八頁〔丸谷才一訳〕）

ボードレール訳：《Toute cette affaire reste un horrible mystère, et jusqu'à présent on n'a pas encore découvert, que nous sachions, le moindre fil conducteur.》

Le numéro suivant portait ces détails additionnels : 《LE DRAME DE LA RUE MORGUE. —Bon nombre d'individus ont été interrogés relativement à ce terrible et extraordinaire événement, mais rien n'a transpiré qui puisse jeter quelque jour sur l'affaire. Nous donnons ci-dessous les dépositions obtenues.》

（ガリマール社、「プレイヤード叢書」、一七頁）

＊〈「事件《アフェール》」という言葉は、フランスではまだ、わが国でのような軽薄な意味になっていなかった。〉の一文はボードレールによって翻訳されていない。

もしも自由な伝達のフランス語の文章が、近代英語の助けを借りて、型にはまった因習から抜け出ていなかったならば、それ自身の自然さを創り出すことはなかっただろう。このことは、いまも変わらない。

いま地球上でフランス語で読み書きのできる人びと――言語と言語とが結びつく楽しさがわかり、争点となっていることが直感的に感じとれるほどの人びとならみな、外と内とからの二重の牽引力に答えるフランス語の言語としての個性を、いままでにも増して見つけるだろう。それは、市民言語の奇抜さによってと同じくらいに、相手の外国語によって息を吹き込まれている。

二十世紀の初頭以来、ジェイムズ・ジョイス（一八八二〜一九四一年）の作品が、ロマン主義時代におけるシェイクスピアとゲーテの作品同様、フランス語で書かれた作品群の地平にそびえ立っている。英語を母語とするアイルランド人、ジョイスは、パリに居を定め、ここで『ユリシーズ』（一九二二年）を刊行するが、彼により、ヨーロッパの書記言語の結びつきは、そのさまざまな意味を明瞭に解読する鍵となる。結びつきは、一目瞭然である。明瞭さ——それは対訳版のように翻訳を必要とするものなのであるが、しかし、対訳版とは反対に、途方もない量の勉強をして、いくつもの国境を越え、そうして始めて習得できる知識教養を無視できない、そういった明瞭さなのである。むろん、こんにちでは、ヴィクトル・ユゴーによって表明された、あのロマン派の空想（「すべての言葉がいま明晰さのなかで舞っている！」）は棄て去られた。それとは別の異種交配幻想が抱かれている。ジョイスの『ユリシーズ』は、その「一八の言葉遣いによる一八の巻」、つまり仮構された英語による一八の文体でもって——これは仮構されたフランス語による一八の文体への翻訳を引き起こしていくが——さまざまな国民文学の複合性を表明する。それはまた、言語連合体によってめざされる統一をも表明しているのだ。

この対極をなすのが、〈ヌーヴォー・テアトル〉（ロジェ・ブラン、ジャン＝ルイ・バロー、ジャン＝マリ・セロにより上演）に見られる、フランス語の芸術的な単一性である。サミュエル・ベケット『ゴドーを待ちながら』（一九五三年）とイヨネスコ『禿の女歌手』（一九五〇年）のヌーヴォー・テアトルは、生きたやりとりから距離をおいてコード化された言語のエクリチュールが行なう働きを、不条理の見かけの下にさらけだす。昔風の叙事詩、悲劇、喜劇、ドラマに背を向けつつ、こんにちの「戯曲」は、写実主義のさまざまな幻想にも背を向ける。いま主題となるのは、〈メディア〉〈マス・メディア〉という、これ自体英語およびラテン語に由来するアメリカ語からできた単語）の学習を、学校の初級フランス語から始めて、表現することなのである。

イヨネスコは、こう語った——ある日、英語の勉強がしたくて、「アシミールの教則本」を開いてみた。すると「ひらめき」があったのだ。この教則本は自分に、言葉のなかにある「さまざまな真理」を発見させてくれた。自明であること（「床は下にある、天井は上にある」）の力によってだけでなく、複雑な思想へと導き、「相反する真理がりっぱに並び立つことができるということ」を証明する進行に従ってだ——と。彼の天才的な着想は芝居の登場人物を使って、初級の文を創り出すことであった。

夕暮れ、スミス夫妻が家で話しをしている。そこに女中が帰ってくる。

メアリイ　（登場して）わたくしは女中です。とても楽しい午後を過ごしてまいりました。男の人と映画館に行き、おおぜいの女の人たちと映画を見ました。映画館を出ると、ブランデーとミルクを飲みに出かけ、そのあとで新聞を読みました。

スミス夫人　あなたがとても楽しい午後を過ごし、男の人と映画に行って、ブランデーとミルクを飲んだことを希望するわ。

スミス氏　それから新聞！

メアリイ　お客さまのマーチンご夫妻がお見えです。わたくしを待ってらっしゃいました。かってにおはいりになろうとはなさいませんでした。今晩、ごいっしょにお食事のはずでございましたわね。

スミス夫人　ええ、そう。お待ちしてたのよ。でもおなかがすいたし、おいでにならないようなので、先にはじめるところだったの。一日じゅう、なにも食べなかったのですもの。おまえ、外出してはいけなかったのよ！

メアリイ　奥さまがお許しをくださったのですわ。

スミス氏　出したくて出したわけじゃない！

（『禿の女歌手』、一九五〇年〔諏訪正訳／一部改訳〕）

フランス語を使用したメディアの、労力を要する、芸術的・文学的な汎世界性は、もともと、軍事的および経済的な国境に沿ってこれを追い抜き、乗り越えていく。中世の作家たちがフランス王のものではなかったように、現代のフランスの作家たちも、「出生地主義による国籍取得権」とか「血統主義による国籍取得権」とかによって、いまのフランス本土に所属するわけではない。

トマス・アクィナス（一二二八〜一二七四年）は、ナポリ王国に生まれ、アラビア語の学問が盛んであったナポリの大修道院で研鑽を積み、ついでケルンで、最後はパリで、自己形成をしていった。この地で、彼は、神学の師として、パリ大学の名声をラテン語により高めたのである。

サミュエル・ベケット（一九〇六〜一九八九年）は、アイルランド国籍で、ダブリン、それからパリに学び、ジョイスやカフカを翻訳。英語の、ついでフランス語の作家であったが、自作をみずから翻訳することにより、また新たな英語の作家となった。

ウジェーヌ・イヨネスコ（一九一二〜一九九四年）は、ルーマニア人の父とフランス人の母との間でルーマニアに生まれ、フランスついでルーマニアで育ち、一九三八年までルーマニアでフランス語の教師をしたのち、パリに定住し、フランス語で作品を書いた。『禿の女歌手』の修士論文を作成していたトゥール大学の二人の学生（L・ジャマンとM・レンボー、指導教授ルネ・バリバール）の質問に、イヨネスコは、手紙で以下のように答えた（未発表書簡）――

［……］確かに『禿の女歌手』と「アシミールの入門書」との間には密接なつながりがあります。私がそこから剽窃したと言ってもいいようなものさえありますね。［……］実際、私はいわゆる「基礎」フランス語について勉強したのです。私が文学的な初体験をしたのは、シャペル・アントゥネーズでのことです。公立学校の作文ですが。ただ、私が初等教育で使った教科書、またそこで実際にやった学習法がどんなものであったかをお話しするとなると、それは少々無理な要求です。随分と昔のことですから。［……］先生は私たちに一冊の本を読ませることなんかもしていましたね。読み方の練習として。その本は、自分たちの母親だか父親だかを探したずねる二人の子どものお話しでした。この父親、あるいは母親は、なぜかはわからないのですが子どもたちとは離ればなれになっていて、奇妙なことに子どもたちが到着するそのときにきまって、フランスの町々を離れることになっているのです。［……］本の題名はたしか『二人の子どものフランス巡り』とかなんとか、いったはずです。［……］他はすべて私の無意識のなかに入って行きました。［……］

（一九七三年二月二十三日）

イヨネスコは、彼の文学修行をユーモアをもって回想している。そのユーモアとは、距離を置くことで、それが自覚を促す。一種の機知であるのだが、それは、言語を練習した記憶にさらにつけ加えられるものではなく、練習の間に身につけた、言葉を使いこなす腕前と批判力を備えた態度とから直接に生じる。未来の作家は、公立学校での抽象と象徴化のさまざまな勉強を、その無意識層のなかにしっかりと収め、これらを十分に消化吸収したのだ。二つの国語のはざまにあって不安定だった彼の位置が、良い刺激となったのかもしれない。彼の記憶が、『フランス巡り』に登場する二人の孤児たちの「マルセイユに住むおじさん」を、近づくことのできない父＝母なる不思議な人物へと変形させた事実について、夢をはせてもいいだろう。相異なる口語を翻訳する際の象徴的なエクリチュールの姿形を、そこに見てとることができる。

フランス文学の歴史を理解するということ——それは、〔一国に限定されない〕一般的な伝達にフランス文学が固有に参加することの、大事な特徴点を取り集めることにほかならない。人が自分の思想をフランス語に翻訳するあらゆる場で、彼は証言をもたらす（traduire というフランス語は、十五世紀から始まり、法律家によって作り出されたものである）、彼はみずから数々の国境を越えることができるようになる（「ひとつの言語から別の言語へと移す」という意味の取り方は、十六世紀にイタリア語から引き出されたものである）、そして彼は、その願望を、その思想を、その夢想を、人に分かち持たせようと試みる（その一般的な意味は十七～十八世紀に再度ラテン語からとられたものである）。未来を予測できなくするもの、それが表現の自由にほかならない。

訳者あとがき

本書は、Renée Balibar, *Histoire de la littérature française*, (coll. «Que sais-je?» n°2601, P.U.F., Paris, 1993) の翻訳である。初版は一九九一年だが、一九九三年の改訂版を底本とした。

著者のルネ・バリバールは一九一五年にブルゴーニュ地方の都市ル・クルーゾに生まれ、ジョゼフ・ヴァンドリエス、シャルル・ブリュノに師事。オセール、リヨン、トゥールの各リセで教鞭をとった後、トゥール大学で教える。

著書は以下のとおり。

『国家語としてのフランス語――革命下のフランス語政策と実践』（D・ラポルトとの共著） *Le français national, politique et pratique de la langue nationale sous la Révolution* (en collaboration avec Dominique LAPORTE), Paris, Hachette-Littérature, 1974.

『仮構としてのさまざまなフランス語――文学的な文体と国家語としてのフランス語との関連』 *Les français fictifs, le rapport des styles littéraires au français national*, Paris, Hachette-Littérature, 1974.

G・アントワーヌ、R・マリタン監修『フランス語の歴史一八八〇～一九一四年』中の「第2章　教えられるフランス語」Le français enseigné, chap. II de *l'Histoire de la langue française 1880-1914*, ouvrage collectif sous la direction de Gérard Antoine et Robert Martin, Paris, Ed. du CNRS, 1985.
『フランス語の制度——カロリング朝から共和制にいたる言語連合体についての試論』*L'institution du français. Essai sur le colinguisme des Carolingiens à la République*, coll. 《Pratiques théoriques》. P.U.F., Paris, 1985.
『文学理論の政治』中の「国家語、教育、文学」National language, education, literature, in *The Politics of Literary Theory*, London, Methuen, 1986.
『言語連合体』*Le colinguisme*, coll.«Que sais - je?» n°2796 P.U.F., Paris, 1993.

バリバールが注目するのは、個別的・具体的な場面に密着しているために、話し手の数だけ存在するともいえる「話し言葉」が、言語を表記する体系としての文字（「エクリチュール」）へと統合されていく過程だ。『ストラスブールの誓約』（八四二年）をもってフランス文学の誕生であるとするのも、それまでのラテン語（文学）にたいして、『誓約』が「書き言葉」としてのフランス語の第一歩を印すテキストであるからだ（この問題については、ベルナール・セルキリーニ『フランス語の誕生』瀬戸直彦／三宅徳嘉訳、白水社、一九九四年、工藤進『声——記号にとり残されたもの』「第4章　国語の誕生」白水社、一九八八年が参考になるだろう）。

表記体系としての文字（「エクリチュール」）という水準で自己を組織することができると、フランス語はほかの言語、たとえばイタリア語、スペイン語、ドイツ語、英語などといった諸言語とは異なる言語としての個性を発揮し、その境界を明確にし、みずからのパートナーとしてこれらの言語たちと関係を結んでいく。こうした「結びつき」をバリバールは〈言語連合体〉と名づけている。

〈言語連合体〉という独自の概念を使って、ラテン語を基盤として分化・発展していくヨーロッパ諸国の文学のなかに、フランス文学を位置づける著者は、折りに触れ、「演出」（mis en scène）という言葉を使っている。ヨーロッパの〈言語連合体〉という舞台の上で、ラテン語（文学）を演出家として、役者たち——イタリア（語）、スペイン（語）、イギリス（語）、ドイツ（語）、そしてフランス（語）——が、「エクリチュール」というそれぞれの台本を手にして、ある時代には主役を演じ、別の時代には脇役を演じては、退場していく。この〈言語連合体〉の舞台のうえで、『ストラスブールの誓約』で始まったフランス文学の歴史は、従来のフランス文学史とは少し異なる角度から語り出されていく。

舞台が大きく変わるのは、フランス革命からだ。それまで聖職者や王侯・貴族などに独占されてきた「エクリチュール」は、学校で「書き言葉」（「基本フランス語」）として教えられることにより、また「新聞・雑誌」をはじめとするメディアの発達ともあいまって、広く一般に普及していく。格段に広くなった〈言語共同体〉の舞台の上で、たとえば、デュマの『三銃士』にあてられるスポット・ライトは、バルザックの『浮かれ女盛衰記』あるいはプルーストの『失われた時を求めて』に劣らない。クローデルは、『繻子の靴』によってでなく、『都都逸』または『百扇帖』の作者として登場する……といった具合だ。

東京都立大学で教えを受けて以来の恩師である三宅徳嘉先生から、本書共訳のおすすめを受けたのは七年前である。「ヨーロッパ（的）」ということで、いつも勝手な疑問を先生にぶつけていたのだが、フランス文学の歴史を「ヨーロッパの言語連合体」という独自の視点から展開していく著者の姿勢に共感を覚えた。しかし、叙述の広大さには自らの非力を痛感するばかりであり、先生の深く膨大な学識と厳しい識見のおかげで、訳出にこぎつけることができた。

翻訳はまず、矢野が訳稿を作成し、三宅先生が原文と照らし合わせて綿密に訂正したものを、検討し直した。いつもお元気な先生が思いもかけないことに、病の床に着かれてしまわれたために、先生の最終的な吟味が不可能となり、奥様ともご相談の上、やむなく、矢野の責任で公刊することになったものである。翻訳は難渋をきわめたが、この間、教えを頂いた方々、作品の訳を引用させて頂いた方々に厚くお礼を申し述べる。一方ならない努力をはらわれた編集担当の和久田頼男氏をはじめとする方々の労が報いられることを祈らざるをえない。

二〇〇二年九月

矢野　正俊

人名索引

ア行

アリストテレス (Aristote, Aristoteles 前384 - 322) 39, 40, 55, 57, 73, 97, 141
アルクイン (Alcuin, Alcuinus Fraccus 730頃 - 804頃) 11, 25
アンジェルベール〔アンギルベルトゥス〕(Angelbert, Angilbertus 740頃 - 814) 11
イグナティウス・デ・ロヨラ〔イニゴ・デ・ロヨラ〕(Ignace de Loyola, Inigo de Loyola 1491 - 1556) 52, 53
イヨネスコ，ウジェーヌ (Eugène Ionesco 1912 - 94) 163, 172, 176
ウェルギリウス (Virgile, Publius Vergilius Maro 前70 - 前19) 31, 67, 121, 159
ヴェルレーヌ，ポール＝マリー (Paul - Marie Verlaine 1844 - 96) 154
ヴォルテール (Voltaire 1694 - 1778) 54, 82, 93, 120
エベール，ジャック (Jaques Hébert 1757 - 94) 111
オレーム (Nicole Oresme 1320頃-82) 39-41

カ行

ガリレオ (Galileo Galilei 1564 - 1642) 90, 92
カント (Kant, Immanuel 1724 - 1804) 114, 118
ギルヴィック，ウジェーヌ (Eugène Guillevic 1907 -) 165
グーテンベルク (Gutenberg, Johanul Henne 1394 ? - 1468) 48
クルティウス，エルンスト・ローベルト (Ernst Robert Curtius 1886 - 1956) 24, 25, 76
クローデル，ポール (Paul Claudel 1868 - 1955) 164, 165
ゲーテ，ヨハン・ヴォルフガング・フォン (Johann Wolfgang von Goethe 1749 - 1832) 118, 121, 122, 172
コルネイユ，ピエール (Pierre Corneille 1606 - 84) 52, 53, 72-75, 152
ゴンクール兄弟，エドモン・ド (Edmond de Goncourt 1822 - 96) ジュール・ド (Jules de Goncourt 1830 - 70) 129

サ行

シェイクスピア，ウィリアム (Wiliam Shakespeare 1564 - 1616) 17, 52, 93, 120-122, 131, 142, 147, 172
シャトーブリアン，フランソワ＝ルネ・ド (François - René de Chateaubriand 1768 - 1848) 110
シャルル〔カロルス〕禿頭王 (Charles II le Chauve, Karolus 804頃 - 876) 5, 9, 11-13, 17, 20, 26, 27
シャルルマーニュ〔カール大帝〕(Charlemagne, Karolus Magnus 742 - 814) 8, 10, 11, 25, 30, 32, 43, 47, 58
シュー，ウジェーヌ (Eugène Sue 1804 - 57) 129
ジョイス，ジェイムズ (James Joyce 1882 - 1941) 172, 174

スタール夫人　ジェルメーヌ・ネッケール (Madame de Staël , Germaine Necker 1766 - 1817)　118, 119
スタンダール (Stendhal 1783 - 1842)　120, 124, 128, 129
ズムトール，ポール (Paul Zumthor 1915 -)　17, 18, 20
セヴィニエ夫人　マリー・ド・ラビュタン＝シャンタル (Marie de Rabutin - Chantal, Marquise de Sévigné 1626 - 96)　85
セギュール夫人 (Comtesse de Ségur 1799 - 1874)　129
ゾラ，エミール (Emile Zola 1840 - 1902)　111, 129

タ行

ダンテ (Dante Alighieri 1265 - 1321)　39, 43-45, 50, 83, 122
チョーサー (Chaucer, Geoferey 1340？ - 1400)　52
デカルト，ルネ (René Descartes 1596 - 1650)　53, 90, 92, 93
デフォー，ダニエル (Daniel Defoe 1660？ - 1731)　105
デュ・ベレー，ジョワシャン (Joachim du Bellay 1522 - 60)　65-67
デュマ，アレクサンドル (Alexandre Dumas 1802 - 70)　129-133
テレジア（アビラの）(Thérèse d'Avila 1515 - 82)　15, 85
ドノワ夫人 (Comtesse d'Aulnoy 1650頃 - 1705)　86-88

ナ行

ナポレオン・ボナパルト (Napoléon Bonaparte 1769 - 1821)　94, 95, 110, 111
ニタール〔ニタルドゥス〕(Nithard, Nithardus 800頃 - 845)　6, 11, 12, 26
ネルヴァル，ジェラール・ド (Gérard de Nerval 1808 - 55)　121

ハ行

パスカル，ブレーズ (Blaise Pascal 1623 - 62)　78-80, 90
バルザック，オノレ・ド (Honoré de Balzac 1799 - 1850)　122-124, 127-129, 134
フェヌロン，フランソワ・ド (François de Fénelon 1651 - 1715)　86
フェルナンド・デ・ロハス (Fernando de Rojas 1465？ - 1541)　52
フォレンゴ，ジロラモ (Girolamo Forengo 1491 - 1544)　58
プルースト，マルセル (Marcel Proust 1871 - 1922)　134-136, 138, 139
フロベール，ギュスターヴ (Gustave Flaubert 1821 - 80)　129
ペギー，シャルル (Charles Péguy 1873 - 1914)　135, 136
ベケット，サミュエル (Samuel Beckett 1906 - 89)　172, 174
ベルカン，アルノー (Arnaud Berquin 1749 - 91)　106-108, 130
ペロー，シャルル (Charles Perrault 1628 - 1703)　86, 88, 130
ポー，エドガー・アラン (Edgar Allan Poe 1809 - 49)　170
ホメロス (Homère, Homeros 前 800頃)　31

マ行

マラルメ，ステファヌ (Stéphane Mallarmé 1842 - 98)　154, 163, 164, 170
ミショー，アンリ (Henri Michaux 1899 - 1984)　168
メルリン・コカーイ (Merlin Coccaie フォレンゴの偽名)　58, 59, 64

モリエール (Moliére 1622 - 73)　53-54, 74-76, 141, 143
モンテスキュー，シャルル=ルイ・ド (Charles - Louis de Montesquieu 1689 - 1755)　93
モンテーニュ，ミシェル・エイケム・ド (Michel Eyquem de Montaigne 1533 - 92)　49, 69-72

ヤ行

ユゴー，ヴィクトル (Victor Hugo 1802 - 85)　111, 120, 121, 124, 129, 130, 139, 142-148, 151, 152, 162, 163, 172

ラ行

ラシーヌ，ジャン (Jean Racine 1639 - 99)　74-76, 85, 152
ラティーニ，ブルネット (Brunetto Latini 1220頃 - 94)　44
ラ・ファイエット夫人 (Comtesse de La Fayette 1634 - 93)　82, 85
ラ・フォンテーヌ，ジャン・ド (Jean de La Fontaine 1621 - 95)　74, 82, 84, 145, 161-163, 165
ラブレー，フランソワ (François Rabelais 1494？ - 1553？)　49, 54-60, 64, 66
ランブイエ夫人 カトリーヌ・ド・ヴィヴォンヌ (Marquise de Rambouillet, Catherine de Vivonne 1588 - 1665)　83
ランボー，アルチュール (Arthur Rimaud 1854 - 91)　148, 151, 152, 154-156, 159, 164
ルソー，ジャン=ジャック (Jean - Jacques Rousseau 1712 - 78)　93, 100, 105
ルードヴィヒ〔ルイ2世ドイツ人王〕(Ludwig, Lodhuvicus, Louis II Germanique 804頃 - 876)　5, 9, 11-13
ロンサール，ピエール・ド (Pierre de Ronsard 1524 - 85)　65-67, 69

事項索引

ア行

一般教養，一般文化　culture générale　37, 46, 89
隠語　argot　111, 112, 140
印刷術　imprimerie　47, 48, 57, 65
エクリチュール　écriture（＝文字表記，文字法，書くこと）　5-8, 10, 11, 15-18, 20, 22, 38, 44, 46, 51, 64, 70, 75, 76, 78, 80-83, 87, 89, 92, 95, 99, 105, 107, 109, 111, 112, 116, 120, 128, 129, 139, 142, 156, 160, 163, 169, 172, 176
意味作用　signification　18
演劇　Théâtre　46, 50-52, 72-75, 104, 106, 120, 122, 134

カ行

基本フランス語　français élémentaire　99-101, 128
啓蒙　Lumières　88, 95, 106
言語　langue
・仮構された〜　langue fictive　17, 36

言語政策　politique de la langue　8, 39, 118
言語連合体　colinguisme　5, 6, 10, 31, 53, 66, 87, 94, 95, 97, 101, 102, 107, 139, 142, 163, 165, 172
コスモポリスム　cosmopolisme　94

サ行

詩　poésie　6, 11, 16-19, 24-27, 30-32, 35, 65-69, 93, 103, 116, 129, 139, 140-142, 144-148, 151, 154-156, 158-160, 162, 164, 165
辞典　dictionnaire　91
修辞法，修辞学　rhétorique　5, 23, 25, 30, 40, 64, 67, 72, 74, 80, 83, 142, 144
住民　populations　5, 9
小説　roman　6, 52, 82, 105, 109, 111, 112, 116-119, 121-124, 127, 129, 130, 133-135, 147, 169, 170
女性　femmes　80-82, 84, 86, 88, 105, 106
初等クラス　classes élémentaires　107, 130, 148
審美眼　goût　54
世界主義（コスモポリタニズム）　cosmopolitisme　94
俗人　laïc　21, 89

タ行

大学　universités　23, 43, 52, 53, 55, 58, 80, 169
綴字法　graphies　17
伝達　communication　40, 52, 74, 80, 90, 97, 100, 102-105, 109, 115, 121, 130, 133, 134, 139, 143, 152, 154, 155, 160, 163, 164, 169, 171, 176

ハ行

話し言葉　parlers　5, 6, 8, 11, 17, 18, 22, 38, 43, 95, 114, 120, 121, 135, 145
フォークロア　folklore　114
翻訳　traduction　5, 12, 22, 23, 36-40, 51, 52, 55, 65, 67, 73, 75, 87, 89, 91, 95, 98, 106, 107, 109, 110, 113-116, 120, 121, 130, 135, 159-161, 164, 171, 172, 176

マ行

民族　peuple　7, 51, 54, 97, 114, 115
物語　roman　6, 32, 35, 36, 52, 57, 60, 86-88, 105, 116, 117, 130, 148, 156

ラ行

良心の問題　cas de conscience　72, 74, 75

作品索引

ア行

アイスランドのハン　Han d'Islande 147
アエネーイス　Enéide 27, 32
赤と黒　Le Rouge et le Noir 129
悪の華　Fleurs du mal 170
アレクサンドロス大王物語　Le roman d'Alexandre 116
アンドロマック　Andromaque 76, 78
田舎に住む人の仕合せ　Le bonheur de l'habitant des campagnes 107
田舎の友への手紙　Les Provinciales 79, 90
イーリアス　Iliade 27, 32
イリュミナシオン　Illuminations 154
浮かれ女盛衰記　Splendeurs et misères des courtisanes 124-127
失われた時を求めて　A la recherche du temps perdu 134, 135
歌物語　Chantefable 35, 36, 165
美しき緑なすサンザシ　Bel aubépin verdissant 69
ヴルガタ聖書　Vulgate 23
永遠　L'Eternité 152-159
永遠の平和に向かっての考察　Traité vers la paix perpétuelle 114
エセー　Essais 69-71
エミール　Emile 94
円錐曲線試論　Essai sur les coniques 79
お城の夜の語らい　Veillées du château 105
オード（ホラティウスの）　Ode (d'Horace) 67
オーカッサンとニコレット　Aucassin et Nicolette 32-34, 35, 36, 116
オデュッセイア　Odyssée 32

カ行

ガリヴァー旅行記　Travels into seveal remote Nations of the World by Lemuel Galliver 93
カリストとメリベアの悲喜劇　la Tragicomedia de Calisto y Melibea 52
ガルガンチュワ（なみはずれて魁偉なる巨人ガルガンチュワの無双の大年代記）Gargantua (Grandes et inestimables Cronicques du grant et enorme geant Gargantua) 55-57
カール大帝伝　Vie de Charlemagne 25
カンタベリー物語　Canterbury Tales 52
金銭　L'Argent 135
金色の髪をした美女　La Belle aux cheveux d'or 87, 88
寓話　Fables 82, 84, 162, 163, 165
くつろぎの夕べ　Evenings at Home 106
クレーヴの奥方　La princesse de Clèves 82
グロテスクな物語とアラベスクな物語　Tales of the Grotesque and Arabesque 170
クロード・グー　Claude Gueux 147
クロムウェル序文　Préface de Cromwell 147

敬虔王ルードヴィヒの王子たちの紛争史（ニタールの「歴史」） Histoire des divisions entre les fils de Louis le Pieux 12, 26
ゲーテのエッカーマンとの対話 Entretiens de Goethe avec Eckermann 122
孤児たちのお年玉 Les Etrennes des orphelins 151
言葉の錬金術 Alchimie du Verbe 158
子どもたちのレッスン Lessons for Children 106
ゴドーを待ちながら En attendant Godot 172

サ行

三銃士 Trois mousquetaires 129, 131-133, 170
死刑囚最後の日 Le dernier jour d'un condamné 147
地獄の季節 Une Saison en enfer 156, 158
自叙伝 El libro de su vida 75
シードの青年時代 Les mocedades del Cid 72
社会契約論 Le Contrat social 94, 100
繻子の靴 Le Soulier de satin 165
小宝典 Il Tesoretto 44
新エロイーズ La Nouvelle Héloïse 94, 118
神曲 La Divina Commedia 44, 50
新生 Vita Nuova 44
神秘の島 L'Ile mysérieuse 129
ストラスブールの誓約 Serments de Strasbourg 5, 6, 8, 11-15, 99, 160
静観詩集（「告訴状に答える」） Les Contemplations (Réponse à un acte d'accusation) 139-147
聖女ウーラリのカンティレーナ Cantilène de sainte Eulalie 30
セヴィニェ夫人の手紙 Lettres de Madame de Sévigné 82
セレスティーナ la Celestina 52
俗語の散文 Prosa della volgar lingua 66
俗語論 De Vulgari Eloquentia 44

タ行

対比列伝 Bioi parallēloi (Vies parallèles) 70
中国人による小さな詩 Petits poèmes d'après le chinois 164
聴罪師のための手引書 summe confessorum 74
帝政論 De Monarchia 44
デカメロン Decameron 52
哲学書簡（イギリス便り） Lettres philosophiques (Lettres anglaises) 93
テレマック Télémaque 86
ドイツ論 De l'Allemagne 118, 119
道徳基本法 Institutiones Morales 75
道徳的平俗書簡集 Epitres morales et familières 70
東方詩集 Les Orientales 147
都都逸 Dodoitzu 164, 165
囚われの女 La Prisonnière 136-138
トリスタンの物語 Le roman de Tristan 116

ナ行

ニコマコス倫理学 L'Ethique à Nicomaque 41
二大世界体系についての対話 Dialogo supra i due massimi sistemi del Mondo 90
人間喜劇 La Comédie humaine 122, 124, 128

人間喜劇序言　Avant - Propos de La Comédie humaine　123
人間不平等起源論　Discours sur l'orgine de l'inégalité　94
眠れるボアズ　Booz endormi　147
眠れる森の美女　La Belle au bois dormant　86

ハ行

禿の女歌手　La Cantatrice chauve 172-175
薔薇物語　Le roman de la rose　116
バルドゥス　Baldus　58, 59
パンセ　Pensées　79, 80
パンタグリュエル　Pantagruel　6, 55, 57, 60-64
人および市民の権利の宣言　Déclaration des Droits de l'Homme et du Citoyen　97. 100
百扇帖　Cent phrases pour évantails 164, 166
百科全書　Encyclopédie　91, 92
ファウスト，悲劇　Faust, Eine Tragödie　121, 124
フランス語の擁護と顕揚　Défense et illustration de la langue française　65
フランス文法要理　Eléments de grammaire française　107
フルーリのきぬぎぬの歌　L'aube de Fleury　17-20, 30, 156
プロローグ　Prologue　148, 149-151
文学論　De la littérature considérée dans ses rapports avec les institutions sociales　118, 119
ペルシア人の手紙　Lettres persanes 93
ベルリの泉へのオード　Ode à la fontaine Bellerie　67
ペール・ジェラール年鑑 L'Almanach du Père Gérard　112
ペール・デュシェーヌ　Le Pére Duchêne　111, 112
宝典　Li Livres dou Trésor　44
法の精神　Esprit des lois　93
方法叙説　Discours de la méthode pour bien conduire sa raison et chercher la vérité dans les sciences 92, 93
ボンジュール・シャルル　Bonjour Charles　106
ポンペイウスの死　La Mort de Pompée　73

マ行

マインツの詩篇集　Psautier de Mayence　48
マカロニックの書　Opus Macaronicum　58
モルグ街の殺人事件　The murders inthe rue Morgue　170

ヤ行

ユリシーズ　Ulisses　172
妖精たちの小部屋　Cabinet des fées 86, 88
妖精物語 (はやりの妖精たち)　Contes des fées ou les Fées à la mode　86, 88
夜動く　La nuit remue　169

ラ行

来世見聞記　Visions　25
ラガルド，ミシャール19世紀文学史 Lagarde et Mighard xlxe siècle 129
ラテン文法要理　Eléments de gramaire latine　107
ルイ14世の世紀　Siècle de Louis XIV 93

ル・シッド　Le Cid　72, 73, 75
ル・シッド緒言　Avertissement sur Le Cid　73
ルードヴィヒ讃歌　Ludwigslied　16
霊操　Ejercicios espirituales　53
ロビンソン・クルーソー　Robinnson Crusoé　105
ロミオとジュリエット　Roméo et Juliette　17
ロランの歌　Chanson de Roland　25-27, 28-31, 44
ロワイアル広場　La Place royale　72

ワ行

若きヴェルテルの悩み　Die Leiden des jungen Werthers　118

訳者略歴
一九四七年生まれ
一九七四年東京都立大学人文科学研究科修士課程修了
フランス語・ヨーロッパ思想専攻
静岡大学教授
主要訳書
ミツ・ロナ「チョムスキーとの対話」(共訳)
A・デュマ「デュマが語るくるみ割り人形」

フランス文学の歴史

二〇〇二年 九 月二五日 印刷
二〇〇二年一〇月一〇日 発行

訳 者 © 矢《や》野《の》正《まさ》俊《とし》
発行者 川 村 雅 之
発行所 株式会社 白水社

東京都千代田区神田小川町三の二四
電話 営業部 〇三(三二九一)七八一一
編集部 〇三(三二九一)七八二一
振替 〇〇一九〇-五-三三二二八
郵便番号 一〇一-〇〇五二
http://www.hakusuisha.co.jp
乱丁・落丁本は、送料小社負担にてお取り替えいたします。

平河工業社

ISBN 4-560-05855-5

Printed in Japan

Q 語学・文学

Q 哲学・心理学・宗教

Q 芸術・趣味

64 音楽の形式
88 音楽の歴史
158 世界演劇史
234 ピアノ
235 映画の美学
306 スペイン音楽
310 幻想の美学
311 演出の歴史
313 管弦楽
333 バロック芸術
336 フランス歌曲とドイツ歌曲
373 シェイクスピアとエリザベス朝演劇
377 花の歴史
389 パン
409 フランス料理
411 ヴァイオリン
448 和声の歴史
481 バレエの歴史
492 フランス古典劇
554 服飾の歴史古代・中世篇
591 服飾の歴史近世・近代篇
603 チェスの本
606 寓意の図像学
652 協奏曲
662 愛書趣味
674 フーガ
677 版画
682 香辛料の世界史
683 テニス
686 ワーグナーと《指環》四部作
687 香りの創造
699 バレエ入門
700 モーツァルトの宗教音楽
703 オーケストラ
718 ソルフェージュ
727 印象派
728 書物の歴史
734 美学
736 シュールレアリスム
748 フランス詩の歴史
750 スポーツの歴史
756 ポスターの歴史
759 オペラとオペラ・コミック
765 絵画の技法
771 建築の歴史
772 コメディ＝フランセーズ
785 バロックの精神
801 ワインの文化史
804 フランスのサッカー
805 タンゴへの招待
808 おもちゃの歴史
811 グレゴリオ聖歌
820 フランス古典喜劇
821 美術史入門
836 中世の芸術